科学探偵 謎野真実 シリーズ

# 科学探偵 vs.

# 幽霊船の海賊

# もくじ

登場人物‥‥‥‥6
プロローグ‥‥‥‥8

## 1 海賊の呪い!? カリブに降る赤い血の雨
22

## 2 封印された悪魔の地図
78

## この本の楽しみ方

この本のお話は、事件編と解決編に分かれています。登場人物と一緒にナゾ解きをして、事件の真相を見つけてください。ヒントはすべて、文章と絵の中にあります。

## 3 死の洞窟と巨大ガイコツ像の謎
126

## 4 大海原の決戦！黒ひげの財宝！
184

## エピローグ その後の科学探偵
240

246

## 首(くび)なしの海賊(かいぞく)

幽霊船でバハマの海岸に現れた、首から上がない海賊。
大昔の海賊「エドワード・ティーチ」を名乗り、
バハマで恐れられている。

### 青井美希(あおいみき)

ジャーナリスト志望で花森小学校6年生の新聞部部長。骨董品店で地図のようなものを手に入れたことをきっかけにバハマに招待される。

### 宮下健太(みやしたけんた)

美希と同じ小学校の同級生。超ビビリだが、不思議なことが大好き。成績もスポーツも中ぐらいの"ミスター平均点"。

### 謎野真実(なぞのしんじつ)

エリート探偵養成学校からの転校生。天才的な頭脳と幅広い科学知識を持ち、「科学で解けないナゾはない」が信条。美希に誘われてカリブ海・バハマを訪れ、首なしの海賊や赤い血の雨のなぞに挑む――。

# 登場人物

**ヴァイオレット**
美希たちをバハマへ呼んだトレジャーハンティング（宝探し）会社の経営者。現地で降る赤い雨や幽霊船について調べている。

**ハマッセン**
ヴァイオレットの運転手。時代劇で日本語を覚えたため、侍のような古い言葉を使う。外見がハマセンにそっくり。

**サラ**
海賊に憧れるハマッセンの娘。美希たちのバハマでの案内役。

**浜田典夫先生**
6年生の学年主任であだ名は「ハマセン」。見守り役として、バハマへの旅に同行する。

夜。薄暗い海の上を1隻の船が進んでいた。
ここは、カリブ海・バハマ。船は漁を終え、港に帰ろうとしていた。
甲板では船員たちが海を見ながら休憩している。
そのとき、前方から1隻の船が近づいてくるのが見えた。
船員たちはその船を見ると、「あっ」と声をもらす。

木で造られたボロボロの船だったのだ。

「あんな船、見たことがないぞ!?」
帆はあちこち破け、旗が見える。旗には、ガイコツがヤリでハートを突くマークが描かれていた。
「おい、あの旗は!」

**バハマ**
約700の島と2400もの岩礁からなる、カリブ海の国。首都はニュープロビデンス島のナッソー。旧イギリス領で、大型ホテルが立ち並ぶ世界屈指のリゾート地でもある。

## 幽霊船の海賊 - プロローグ

船員たちが声をあげた瞬間、木造の船の甲板に数人の影が現れた。ボロボロの服を着て、頭にバンダナなどを巻き、腰にはスカーフをつけている。

「海賊だ！」

しかし、海賊たちはみなガイコツだった。

「ガーッハッハッハ、この海は俺様のものだ！」

大きな声が響き、ガイコツの海賊たちの中央にひとりの人物が立った。長いコートを着て、手には剣を持ち、胸に6丁の銃をつり下げている男だ。その体は、首から上がない。首なしの海賊は漁船の船員たちに叫ぶ。

「我が名は、エドワード・ティーチ。この海の支配者だ！」

## 幽霊船の海賊・プロローグ

「ティーチだって?」
「それってまさか、黒ひげ!?」
その名を聞き、船員たちは震えあがった。

「俺様の海に船を出すことは許さん。おまえたちに『血の呪い』をかけてやる!海に出たことを後悔するがいい!ガーッハッハッハ!」

船員たちが恐れおののくなか、首なし海賊の笑い声が海に響き渡るのだった――。

**エドワード・ティーチ**
18世紀にカリブ海や北米沿岸などで活動したイギリス生まれの海賊。長いひげを生やしていたため「黒ひげ」と呼ばれた。1718年にイギリス海軍との戦いに敗れ、処刑された。

「さあ、お宝を探しましょ！」

花森町の商店街。

青井美希は、謎野真実と宮下健太を連れて、商店街にある骨董品店に来ていた。

「美希ちゃんのお父さんって骨董が好きだったの？」

「そうなの、健太くん。それでわたしも最近興味があって」

美希は自分も骨董品を買いたいと思い、店にやってきたのだ。

「骨董品店なんて初めて来たよ。真実くん、すごく面白いね」

健太がそう言うと、真実はうなずく。

「そうだね。見ているだけで楽しい気分になるね」

3人は棚に並べられた商品を見ていく。

「それで美希ちゃん、どんなものを買うの？」

「う～ん、決めてないけど、価値のありそうなお宝を見つけたいかも」
「お宝っていっても骨董の知識はないでしょ？予算は千円。健太くんたちもこれぞというものを見つけ出して」
「ないけど、こういうのは運命の出会いがあるものよ。予算は千円。健太くんたちもこれぞというものを見つけ出して」
「千円じゃ、お宝は見つけられないと思うけどなあ」
健太はそう言いながら、商品を見ようと体を動かした。
その瞬間、棚に肩が当たり、飾ってあった深緑色のガラス瓶が落ちそうになる。
それを真実がすばやくキャッチした。
「ありがとう、真実くん」
「これは……」
真実は手にした瓶をじっと見つめる。
「わあ、すごくきれい！」
美希はその瓶に興味が湧いたようで、駆け寄ってくる。
「店長さん、これいくら？」

「それかい？　千円でいいよ。知り合いが海で釣りをしているとき、砂浜に落ちていたのを拾ってきたんだよ」

瓶の表面には英語の文字が書かれている。

「外国から流れてきたのかな？」

「なんかいいね。店長さん、これちょうだい！」

美希は瓶を買うことにした。

「価値はあんまりなさそうだけど、こういうのもいいよね」

美希はすっかり気に入ったようだ。

すると、真実が口を開いた。

**「瓶の中に何かが入っているようだね」**

よく見ると、瓶の中に紙のようなものが丸められて入っていた。

「なんだろう？」

美希はキャップを外してみる。そして、紙を取り出し広げてみた。

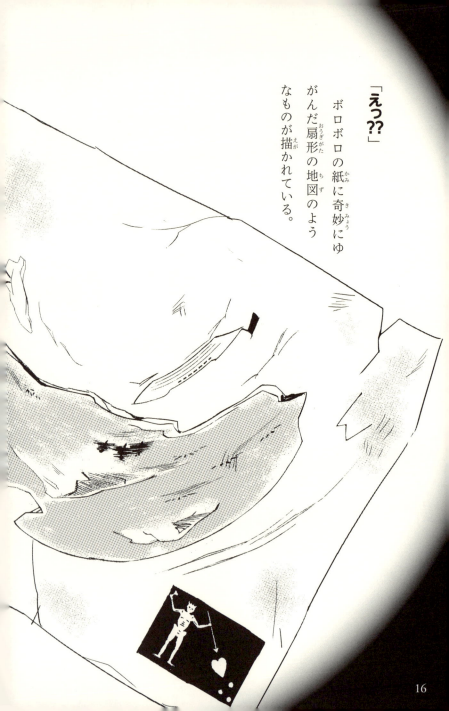

「えっ??」

ボロボロの紙に奇妙にゆがんだ扇形の地図のようなものが描かれている。

紙の端には、「ガイコツがヤリでハートを突くマーク」があった。

「このマークは……」

真実はそれをじっと見つめるのだった。

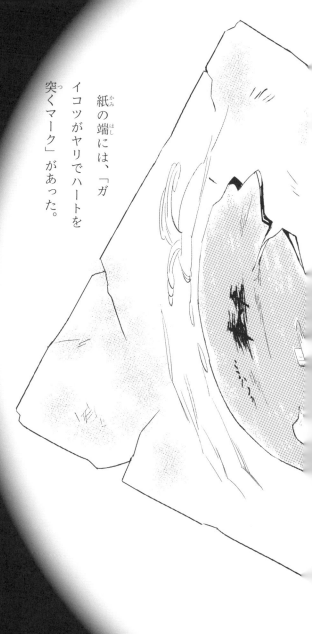

「昨日のあの紙はなんだったんだろうね」

翌朝。花森小学校6年2組の教室では、健太が瓶の中に入っていた紙について、真実と話をしていた。

「あれは、もしかしたら海賊と関係のあるものかもしれないね」

ふと、真実が言う。

「えっ、どうしてそんなことがわかるの？」

健太がたずねると、真実はノートに、ガイコツがヤリでハートを突くマークを描いた。

「ええっと、これってあの紙にあったマークだよね？」

「このマークは、かつてカリブ海にいたエドワード・ティーチという海賊が乗っていた、海賊船『アン女王の復讐号』の海賊旗と言われているんだよ」

**アン女王の復讐号**
「黒ひげ」が乗っていた船。1996年に米ノースカロライナ州沖で沈没船が発見され、2011年に同州がアン女王の復讐号であると認定した。だが、船内から金銀財宝は見つかっていないという。

幽霊船の海賊 - プロローグ

「え、そうなの??」

17世紀後半から18世紀前半にかけて、メキシコ湾の南、大西洋に隣接するカリブ海では、金銀財宝を求め、大勢の海賊たちが暴れ回っていた。

その中でもっとも有名で莫大な財宝を手に入れた海賊が、ティーチである。

「ティーチは凶暴な海賊で、剣を持ち、体に6丁の銃を身につけていて、三つ編みにしたヒゲの先に火のついた導火線をくくりつけて煙を出していたらしいんだ。人々はその異様な姿を見て、彼のことを『黒ひげ』と呼んで恐れていたと言われているよ」

「黒ひげ。たしかにすごく怖そう。だけどどうして黒ひげの海賊旗のマークがあの紙に描かれていたのかな?」

「さあ、それはわからないけど」

そのとき、隣のクラスの美希が教室に入ってきた。

**「大変！　外国の人からメッセージがきたの！」**

「美希ちゃん、どういうこと?」

「わたし、昨日あの瓶と紙のことをSNSに載せたの。お宝を手に入れましたって。そうしたら、バハマに住んでいる女の人から連絡があって」

「バハマ？」

健太が首をかしげると、真実が答えた。

「カリブ海にある国だね」

「えっ！」

驚く健太に、美希は興奮ぎみに話す。

「その人、ヴァイオレットさんっていって、あの紙を実際に見たいらしいの。彼女、海に沈んだ財宝を探すトレジャーハンティングの会社を経営しているんだって！」

「そんな人がどうしてあの紙を？」

「健太くん、まだわからない？ トレジャーハンターがあの紙を見たい理由はたったひとつ。――ヴァイオレットさん、あの紙は『黒ひげの財宝』の手がかりかもしれないって言ってるの！」

「ええぇ？　つまり宝の地図ってこと？」

それを聞き、美希は大きくうなずいた。

「詳しく調べたいから、バハマまで直接紙を持ってきていいんだって。旅費は全部ヴァイオレットさんが払ってくれるそうよ。友達も連れてきていいんだって。真実くん、健太くん、一緒に行きましょ。もうすぐ夏休みでしょ！」

「外国に行って、宝探しができるの？」

「それは面白そうだね」

とまどう健太の横で、真実はほほえむ。その話に興味を持ったようだ。

「大スクープになるかも！」

新聞部の部長である美希は、うれしそうに笑う。

「なんだか、今年の夏休みはすごいことになりそうだねぇ」

健太も初めての海外旅行に不安を感じながらも、財宝と聞いてワクワクする。

3人は夏休みを利用して、バハマに行くことにしたのだった。

# 海賊の呪いっ!?

幽霊船の海賊 1

カリブに降る赤い血の雨

飛行機の窓の外に、キラキラ光るコバルトブルーの海が見えてきた。
白い砂浜に囲まれた小さな島がたくさん浮かんでいる。

## 「きれーい！ あれがバハマ諸島!?」

健太と美希がそろって歓声をあげると、真実は読みかけの探偵小説から顔をあげた。

「バハマ諸島は約700の島と2400もの岩礁からなる群島なんだ。今から向かうのはその中のひとつ、ニュープロビデンス島。東京の10分の1ほどの広さで、バハマの首都・ナッソーがある島だよ」

「おまえたちは気楽でいいな。それに比べてオレの責任は重大だぞ！」

大きな声をあげたのは6年生の学年主任、ハマセンこと浜田典夫先生だった。子どもたちだけでバハマに行くのは危険だと校長に熱弁をふるい、旅の見守り役を任されたのだ。

バハマのガイドブックを見ながらハマセンが言う。

「むうっ！ このバハマ名物のコンク貝も要チェックだぞ。おまえたちが食あたりでも起こ

したら大変だからな。まずは先生が食べて、問題がないか調べておかないと！」

ニヤニヤしながら赤ペンでチェックを入れるハマセンを横目に、美希がつぶやく。

「自分が来たかっただけじゃん……」

●

無事、バハマの首都・ナッソーにある国際空港に到着した一同。

「到着ゲートに迎えに行くって、ヴァイオレットさんから連絡あったんだけど……」

美希があたりを見回すと、陽気な声が響いた。

「ウェルカム・トゥー・バハマ！ お迎えに参ったでござる！」

「ござる!?」

**コンク貝**
カリブ海に生息する巻き貝。フリッターやシチューの具材として好んで食べられるほか、貝殻やコンクパールというピンク色の真珠もバハマの特産品になっている。

健太が振り向くと、派手なアロハシャツを着た褐色の肌の中年男性が立っていた。その顔を見て健太は思わず声をあげた。

「うええっ!?」

なんと、ハマセンと瓜二つだったのである。

「ハマセ……浜田先生が２人!?」

「いや、あの、その……わたしは浜田と申しますが、あなたはどちらさまですか？」

ハマセンも動揺してシドロモドロになっている。

「お～！　拙者の名前はハマッセン！　ヴァイオレット社長の運転手でござる。娘のサラと一緒に、みなさんのガイドを仰せつかったでござる！」

その言葉に続いて、ハマッセンの背後から、ピョン！と女の子が飛び出してきた。

三つ編みをたばねた髪が元気に揺れて、大きな瞳がキラリと輝いた。

「みなの者、苦しゅうない！　ワタシの名はサラでござる！」

みんながポカンとするなか、美希がなんとか言葉を返す。

「あはは……ハマッセンさんも、サラちゃんも日本語上手！　わたしたちはあんまり使わない言葉遣いなんだけど……どこで習ったの？」

「ワタシの家族は日本が大好きで、毎日、時代劇を見ているうちに覚えたでござるよ！」

「時代劇……どうりで……」

苦笑いする美希。その横でハマセンが真っ青な顔をしていた。

「謎野！　自分とそっくりなペロペロゲンガーを見たら、死んじゃうんだよな!?」
「ドッペルゲンガーですよ、先生。それに、そんなのは作り話です」
「しかし、いくらなんでもそっくりすぎ……」
そこまで言うとハマセンは体の力が抜けて倒れてしまった。
「先生、しっかり！」
真実がハマセンを抱きかかえたそのとき……！

**ドン！**

赤いシャツを着た男が健太にぶつかり、逃げるように走り去っていった。

**ドッペルゲンガー**
自分とそっくりな外見をした分身と出会うと、命を落とすといわれる都市伝説のひとつ。

## 「あっ! カバンを取られた!! 財布とパスポートが入ってるんだ!」

「泥棒ね! 待てー!!」

すぐに美希が男を追いかける。

サラもその後に続いた。

「スピードなら日本の忍者にだって負けないでござる! 曲者! 御用だ〜!」

右手を胸の前につき出し、サササッと忍者のように駆けぬけるサラ。

たちまち美希を追いぬいた。

赤いシャツの男は、階段を駆け下り、下のフロアへと逃げていく。

「逃がさないでござるっ!」

2階の手すりを乗り越えようとするサラ。だが、下のフロアを見て固まった。

「ひゃあっ。高いでござる……!」

「こっちからなら行ける!」

美希は別の場所から手すりを乗り越えると、ためらうことなくジャンプした。

その先にあったのは……大きな丸い時計がついた柱。

美希は柱につかまるとスルスルッと滑り下り、男の目の前に降り立った。

「この人、ドロボーで――す!」

美希の大声に大勢の人たちが振り向き、男を囲んだ。

「チッ!」

男は悔しそうに舌打ちすると、健太のカバンを投げ捨て、逃げ去っていった。

美希はカバンを手に取ると、手すりで固まったままのサラを見上げた。

「サラちゃん、大丈夫? 落ちたら危ないよ」

美希の言葉を聞いたサラは口をとがらせて答えた。

「いつもは飛べるでござる! 今日は調子が悪かっただけでござるからな!」

「先生は先にホテルに行ってるが、ペロペロゲンガーが怖いわけじゃないからな」

逃げるようにタクシーに乗り込むハマセンと別れ、真実たちはハマッセンの運転する車でバハマの首都・ナッソーの街を走っていた。

ピンクや水色、クリームイエローなど、カラフルな色の建物が並んでいる。

「うわ～！　かわいい！　絵本の中みたい！」

美希が歓声をあげる。だが、健太は首をかしげて言った。

「閉まってるお店が多いね。最近はいつもこんな具合でござるよ。ねえ、父上」

「そうでござるか？　気にしすぎでござる！」

やがて、視界がパッと開けた。

海岸に出たのだ。

白い砂浜に、透き通るような青い海が広がっている。

「うわ～！　海だ～！　車をとめて～！」

「わたしも見たーい！」

健太と美希は、車がとまるやいなや、砂浜へと飛び出した。

砂浜に並んだデッキチェア。ボール遊びをする人たち。

2人はその間を走りぬけ、靴と靴下を脱いで波打ち際に駆け込んだ。

「きゃ～！　冷たくて気持ちいい！」

足元を見ると、水は澄んで、海の中がはっきりと見える。

小さな青い魚が、群れを作って泳いでいた。

「カリブ海、最高――！」

健太が叫んだそのとき。サラはあるものに気がついた。

砂浜からサラの声が響く。

空に、黒い雨雲が浮かんでいたのだ。

「早く海からあがって！　車に戻ったほうがいいでござる！」

「どうして？　ただの雨雲だよ」

健太が答えた次の瞬間。

ザ——ッ!!

勢いよく雨が降り始めた。雨はビーチにいる人々に降りそそいだ。

やがて、砂浜のあちこちで人々の悲鳴があがった。

「えっ!? どうしたの!?」

あわててまわりを見た健太も、美希のTシャツを見て思わず声をあげた。

「うわ——ッ!」
「キャ——ッ!」

**「うわあっ! 美希ちゃん! 血がついてる!?」**

雨にぬれたTシャツには、無数の赤いシミがにじんでいた。

車の中にいた真実も異変に気づいていた。

車の窓についた雨粒が、赤い筋を描いて流れていく。

「この雨は一体……?」

赤い雨が降り続くなか、健太と美希は車に戻ってタオルで体をふいた。
真実がハマッセンに問いかける。

「店が閉まり、人通りの少ない街……もしかして、この赤い雨が原因なんじゃないですか?」

ハマッセンはため息をついた。

「そのとおりでござる。最近、このあたりに赤い雨が降るようになって、ナッソーの人々はおびえているでござる」

「何か原因でも?」

美希が聞くと、サラが答えた。

「黒ひげの呪いでござる」

「サラ！ それは単なるウワサ話でござろう！」

「みんなが言ってることでござる！ 近ごろ、ナッソーの沖に、幽霊船が出るでござる。その船には、首がない胴体だけの黒ひげの亡霊が乗っていて、こう叫ぶそうでござる。『俺様の海に船を出すことは許さん。血の呪いをかけてやる』って」

「**首がない……!?**」

健太がその姿を想像し、ブルルッと身を震わせる。

「カリブ海を荒らしまわった黒ひげは、イギリス海軍に討伐されて首を切られたでござる。だから今でも、自分の首を捜してさまよっていると言われているでござるよ」

真実が眼鏡の奥で目を細める。

「そして『血の呪い』としか思えない、赤い雨が降り始めたというわけか……」

「待って！　わたしたちが見つけた地図にも黒ひげのマークが入ってたよね」

そう言うと美希は、日本から持ってきた地図をカバンから取り出した。

「おおっ、その地図は……！」

ハマッセンがハッと息をのむ。

「この地図がどうかした？」

「ああ、いや、なんでもないでござる」

ハマッセンがあわてて手を振ると、美希は地図に描かれたガイコツの印を指さした。

「真実くん。これって黒ひげを示す印なんだよね？　黒ひげの亡霊は『俺様の海に船を出すことは許さん』って言ったって。もしかして、この地図とも関係があるのかな？」

真実は美希の言葉にうなずいた。

「ヴァイオレットさんのところへ急ごう。トレジャーハンターの彼女なら、きっと何か知っているはずだ」

●

ナッソーの中心街にある大きな建物、それがヴァイオレットの会社だった。

最上階へとあがり、ドアをノックするハマッセン。

健太が美希にそっと耳打ちする。

「ぼく、英語話せないけど、大丈夫かな?」

「大丈夫よ。こういう便利なものがあるから」

そう言って美希はタブレットを取り出した。

部屋の中から「Come in」と、女性の声がすると、タブレットの画面に『お入りください』という日本語が表示された。

「翻訳アプリよ。便利でしょ」

「すごい！　これならぼくでもわかるね！」

ガチャリ。

ハマッセンがドアを開けると、1人の女性が剣の練習をしていた。ロングブーツに、ギュッとウエストをしめた革のコルセット。カウボーイハットの下から、美しく揺れる金髪がのぞいている。

「あちらがヴァイオレット社長でござる」

ハマッセンが言うと、ヴァイオレットはクルリと剣を回して腰の鞘におさめた。

「ハマッセン、サラ、おまえたちはそこで待て」

凛とした声だった。ハマッセンは真実たちを部屋に入れるとドアを閉めた。

「失礼。わたしの仕事はつねに危険と隣りあわせでね。剣の稽古が欠かせないんだ。美希、健太、真実。よく来てくれた」

そう言ってヴァイオレットはほほえんだ。

真実は会釈すると、きれいな英語で話しかけた。

「ヴァイオレットさん、聞きたいことがあるんです。黒ひげの幽霊船、そして最近降り始め

た赤い雨について、何か知っていることはありますか？」

ヴァイオレットの顔からほほえみが消え、真顔になった。

「わたしが黒ひげの財宝の調査を始めたころから、幽霊船が姿を現すようになった。そして赤い雨まで降り始めた。これはきっと、黒ひげの宝を探す者……つまり、わたしへの警告だよ。これ以上、宝に近づくなっていうね」

その言葉に、真実は静かにうなずいた。

「それであなたはどう思いますか？　この警告は黒ひげの呪い？　それとも、誰かがあなたを妨害しようとしている？」

ヴァイオレットは「フフフ」と笑った。

「トレジャーハンターの鉄則をご存じかな？　『誰も信用するな』……つまり、まわりの人間はすべて敵ってことだ。当然、誰かの妨害だろうって考えた。だから、赤い雨が降ったあと、すぐに雨の成分を調べたよ」

ヴァイオレットはその中のひとつを取り、真実に渡した。

部屋の真ん中に置かれた机には、薬品などが入った試験管が並んでいた。試験管の中には赤い土のようなものが入っている。

## 「これは赤土……ラテライト？」

「そのとおり。赤い雨に含まれていたのは、隣の国、キューバで多く採れるラテライトという赤土だった。おそらく風に乗ってバハマまで飛ばされ、雲にまざり、赤い雨となって降っ

「たんだろう」

真実は口もとに手をやり考えると、試験管を机に戻した。

ヴァイオレットは赤い雨が降る窓の外に目をやり、言葉を続ける。

「こんなことが人の力でできると思うか? もしかしたら幽霊船と赤い雨は、本当に黒ひげの呪いなのかもしれない。だから決めたんだ」

「決めた? 一体なにを?」

美希が首をかしげて言った。

「きみたちが持ってきた地図が本物だったら黒ひげの宝探しを続ける。ニセモノだったら、わたしはこの件からきっぱり手を引く」

美希に向かってヴァイオレットは手を差し出した。

「さあ、地図を見せて」

ヴァイオレットは受け取った地図を机に広げた。その目は真剣そのものだった。

「これは黒ひげの旗の印に間違いない。そして問題はこの島……」

何冊もの古い文献をめくり、何度も照らし合わせた。

やがて……ヴァイオレットはゆっくりと文献を閉じた。

「何かわかった⁉」

我慢できずに健太が聞くと、ヴァイオレットはため息をついた。

「こんな形の島は今も昔もこのカリブ海には存在しない。残念だけどこの地図はニセモノだ」

「そんな……」

息をのむ健太。美希も言葉を失った。

「黒ひげの宝探しはここまでだ。わざわざバハマまで来てもらったのに悪かったな」

そう言ってヴァイオレットは美希の手に地図を戻した。

美希は地図を見つめていたが、やがて顔をあげて言った。

「最後に聞かせてください！　黒ひげの宝は今もどこかにあると思いますか？」

ヴァイオレットは翻訳アプリの画面を見ると、かすかに笑ってうなずいた。

「１９９６年、黒ひげの海賊船『アン女王の復讐号』が海底から発見された。だが、その船に財宝は積まれていなかったんだ。そしてもうひとつ。敵に宝の隠し場所を聞かれた黒ひげ

は、こう答えたと伝えられている。『それを知っているのは俺様と悪魔だけさ』と」

## 「**俺様と悪魔だけ……**」

不気味な言葉に、健太が思わず声をあげる。
「その言葉が本当なら、黒ひげはどこかに宝を隠しているはずだ」

●

部屋から出てきた真実たちにハマッセンが駆け寄る。
「あの地図はどうだったでござるか?」
「残念だけどニセモノだって。せっかく日本から持ってきたのに」
健太の言葉にハマッセンはショックを受けた様子だった。
「そうでござるか……」
「どうかしたんですか? さっきからこの地図が気になってるみたいだけど」

美希が声をかけると、ハマッセンはゆっくりと顔をあげた。

「実は……この地図は、亡くなった拙者の妻が、大切にしていたものなんでござる」

意外な言葉に、健太が驚きの声をあげる。

「ええっ!? 一体どういうこと!?」

「父上! ワタシも初耳だよ! どういうことでござるか!?」

ハマッセンは、ゆっくりと言葉を続けた。

「3年前のある日……妻が青ざめて帰ってきて、ご先祖様から受け継いだ地図を海に捨てたと言ったでござる」

「海に捨てた? 一体なにがあったのかな」

美希がつぶやくと、ハマッセンは首を横に振った。

「わからんでござる。もともと病弱で入退院をくり返していた妻は、『地図が黒ひげの

46

「亡霊の手に渡らないように」、そう何度もつぶやきながら亡くなったでござる」

「黒ひげの亡霊？　やっぱり何かあったでござるよ！　父上、どうしてもっと早く教えてくれなかったでござろう！　母上は……ママはそれをいちばん心配していたのでござる」

「おぬしに言えば、『地図を探して、宝を見つけに行く！』そう言ったでござろう！」

サラは涙を浮かべてハマッセンに詰め寄った。

「でも……」

「地図はニセモノだった。残念だけど、これでよかったのかもしれないでござるな」

しばし沈黙の時が流れた。

その沈黙を破ったのはサラだった。

「みなの者、おもてをあげーい！」

「え!?　サラちゃん!?」

健太が目をパチクリさせると、サラは涙をぬぐって笑った。

「しんみりするのは苦手でござる！　みんなにはバハマで楽しい思い出を作ってほしいでご

ざる！　今からワタシの大好きな場所に案内するでござるよ！」

　ハマッセンの車で案内されたのは、海岸の近くに立つ、鮮やかな赤紫色の建物だった。壁のあちこちに、不気味なガイコツが描かれている。
「ここは『パイレーツ・オブ・ナッソー博物館』、つまり、海賊博物館でござるよ！　父上、行ってくるでござる！」
　入り口に向かうサラに、美希がほっぺたをふくらませて言う。
「せっかくのバハマ観光なんだから、海のほうがよかったな〜」
「見る前から文句を言わない！　さあさあ、中に入るでござるよ」
　そう言って入り口のドアを開くと、美希は「あっ！」と息をのんだ。
「何これ!?　すご〜い！」
　館内には、古い街並みと、海賊船が停泊する港が広がっていたのだ。

夜の港にとまる海賊船から、酔っぱらい、陽気に歌う海賊たちの歌声が響いている。

サラが得意げに説明する。

「これは、1700年ごろの島の様子を再現したものでござる。ここ、ニュープロビデンス島は海賊たちの基地として栄えて、黒ひげや、多くの海賊たちが海賊船で出入りしていたんでござるよ」

「すごいや! 300年も前に、本当にこの島で海賊たちが暮らしてたんだ!」

健太も驚きの声をあげた。

それまで話を聞いていた真実が、ふいにサラにたずねる。

「ひとつ気になっていたんだけど。どうしてサラさんのお母さんは、黒ひげの印が入った地図を持っていたんだい?」

「実は……母上のご先祖様は海賊だったんでござる」

「えっ!? ご先祖様が海賊!?」

突然の告白に美希が声をあげる。

サラは、壁に並んで展示された2枚の肖像画の前で足を止めた。

長い髪を風になびかせ、右手に銃をかまえた女性。もう1枚に描かれた女性は、右手に剣を持っている。

「銃をかまえている人がワタシの遠い遠いご先祖様のアン・ボニー。そして剣を持っているのが、アンの一番の親友だった、メアリ・リードでござる」

「聞いたことある！　2人とも黒ひげと同じ時代に活躍した、伝説の女海賊でしょ!?」

美希の言葉に、サラは「いかにも！」と胸をはった。

「2人とも同じ海賊船に乗って、カリブ海を駆け巡ったでござる。敵が船に乗り込んできて、男たちが船倉に逃げこんだときも、アンとメアリは甲板に残って最後まで戦ったと言われてるでござる」

「へ〜！　かっこいい〜!!」

声をあげる美希の横で、健太は首をひねった。

「ちょっと待って。サラちゃんのお母さんはアン・ボニーの子孫なんだよね？　なのにどうして黒ひげの印のついた地図を受け継いでいたんだろう？」

「それはわからないでござる。母上……ママは、ワタシには海賊に関わることは一切教えて

くれなかったでござる。何しろ、海賊が大嫌いでござったからな」
「海賊が大嫌い？　海賊の子孫なのに？」
美希が聞くと、サラはコクリとうなずいた。
「いつも言ってたでござる。海賊は、人の物も命も奪う、恐ろしい悪魔だって。海賊みたいになっちゃダメだって。でも、ワタシは……」
サラは大きな瞳でアン・ボニーの肖像画を見上げた。
「ご先祖様みたいに、この世界を冒険したいでござる〜！」
真実がハッと顔をあげた。

**アン・ボニー**
1700年ごろにアイルランドで生まれ、男に扮して海賊になった。20年に捕らえられたが、妊娠を理由に死刑執行は保留に。その後、結婚して8人の子どもをもうけたという説もある。

**メアリ・リード**
1695年ごろにイギリスで生まれ、男児として育てられ海賊になった。アン・ボニーと同じく1720年に捕らえられ、翌年に病気で獄中死した。

「海賊は恐ろしい悪魔……。そういえば、ヴァイオレットさんが言ってた。黒ひげは『宝の場所を知っているのは俺様と悪魔だけ』という言葉を残したって」

真実は、美希から地図を受け取ると、その場で広げた。

## 「もしかしたら、この地図はニセモノじゃないかもしれない」

「えっ!? どういうことでござるか!?」

真実は地図に描かれた、ガイコツがヤリでハートを突くマークを指さした。

「これは黒ひげの印……つまり『俺様』だ。もしかしたらもうひとつ、『悪魔』が記されたアイテムがどこかにあるのかもしれない」

「そっか！『俺様と悪魔だけ』……つまり、『俺様』と『悪魔』のふたつをそろえれば宝の隠し場所がわかるかもしれないってこと!?」

美希の言葉に真実はうなずいた。

「ああ。その可能性はある」

「そういえば昔……母上が父上に話しているのを聞いたことがあるでござる！　バハマのどこかに、悪魔が取り残されてるって」

「もしかしたら、それが『悪魔』が記されたアイテムのヒントかもしれない」

真実の言葉を聞いたサラは、わなわなと唇を震わせた。

「じゃあ！　母上がご先祖様から受け継いだ地図は、本物かもしれないでござるか!?　これは……夢ではござらんな!?」

「夢じゃないよ！　お母さんが海に捨てた地図が戻ってくるなんて運命だよ！　サラちゃん、もうひとつのアイテム、私たちで見つけに行こうよ！」

美希が言うと、サラは首を縦にブンブンと振った。

「行きたい！　行きたいでござる!!　でも……」

「でも何!?」

「幽霊船が気になるでござる。『俺様の海に船を出すことは許さん』って黒ひげが警告してる

でござるよ。あのヴァイオレットさんですら、おびえていたでござる」

サラの言葉に、健太も同意見だった。

「そうだよ！　赤い雨だって、黒ひげの呪いかもしれないって言ってたし」

「何２人とも、ここまで来て尻ごみする気!?　幽霊船なんてホントにあるわけないじゃない！　呪いなんてただの思い込みだよ！」

美希が強く言い返したそのときだった。

## 「海岸に幽霊船が出たぞ！」

博物館の外で騒ぐ人々の声が聞こえた。サラ、健太、美希はゴクリとつばをのんだ。

「黒ひげの呪いかどうか確かめる、いいチャンスじゃない!?」

「う〜……そうでござるな！　行ってみるでござる！」

「え〜！　サラちゃんまで!?　なら仕方ない、ぼくも行くよ！」

出口に向かって駆け出す３人に、真実が声をかけた。

「ぼくはもう少し調べたいことがある。先に行っててくれないか」

●

日が沈み、闇に包まれ始めた浜辺に、健太たちは駆け込んだ。
「あっ！　あそこでござる！」
見ると、海岸から100メートルほどの沖合に、霧に包まれたボロボロの海賊船が浮かんでいた。
掲げた旗にはハートを突くガイコツ……黒ひげのマークが描かれている。
「あれは黒ひげの海賊船……！『アン女王の復讐号』でござるか……！」
やがて、甲板に首なしの海賊が姿を現した。

低く、野太い声が海に響く。

「俺様の海に船を出すことは許さん。血の呪いをかけてやるぞ……！」

海岸から眺めていた人々はどよめき、恐れおののいている。

「本物だ……本物の幽霊船だ……！」

震える健太の横に、真実が姿を現した。

「今、海賊博物館で聞いてきたんだ。幽霊船が現れたのはこれまで5回。どの日も、波が穏やかで風もない日の夜だった」

「幽霊船と天気に何か関係があるの？」

美希が聞くと真実はうなずいた。

「ああ、どうして穏やかな日にだけ現れるのか。きっと理由があるはずさ」

真実は、海岸の隅に積まれた建築資材に目をやった。

「あれを使って、幽霊船の正体を暴いてみせよう」

しばらくすると、海岸には、大きな正方形の箱ができあがっていた。

一辺5メートルはあるだろうか。海を向いた面の真ん中には、大きな丸い穴が開いている。

「これ前にも見たことある！　理科の実験で使う空気砲だよね！」

### 空気砲

**1** 穴の向かい側の面をすばやく中に押しこむ

箱のひとつの面に開けられた丸い穴

**2** すると箱の中の空気が穴から外に押し出される

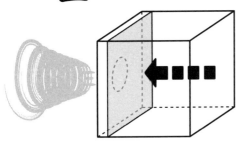

ズザザザザー

箱を見上げて健太が言う。
「ああ。このサイズなら、発射した空気が100メートル以上飛ぶはずさ。早速やってみよう」
真実、健太、美希の3人は、箱のうしろ側へ回った。
「箱のうしろ側の四角い板をみんなで押して、中の空気を押し出すんだ」
「わかった、それじゃいくよ！ せーの！ それーっ！」
健太の合図で、力を合わせて板を押す3人。

空気砲の近くで見守っていたサラは、目には見えないが、空気が揺れたのを感じた。
「発射成功でござる——っ!」
真実たちは箱の前に出て、霧の中に浮かぶ幽霊船を見つめた。
「空気砲の空気があの幽霊船に当たれば……」
真実がそうつぶやいた瞬間。
海上の霧が、何かに吹き飛ばされるように、バフッと大きく揺

れ動いた。

「よしっ！　空気砲が当たった〜！」

ガッツポーズで叫ぶ健太。

空気に押され、霧が散りぢりになっていく。それと同時に幽霊船も姿を消した。

「ああっ！　**幽霊船が消えたでござる！**」

「やっぱりだ。おそらく風のない日を選んで、ドローンか何かで海上に霧をまき、そこに海賊船の映像を投影していたんだ。風が強いと霧は散ってしまうからね」

「なるほど！　ということは、黒ひげの呪いなんかじゃなくて、誰かが仕組んだイタズラってわけね。ビビリのお2人、ご感想は？」

美希が茶化して言うと、サラはあわてて口をとがらせた。

「ビビってなんかないでござる！　呪いじゃないとしたら一体どうやって？」

「でも、赤い雨はどうなるの？」

健太が言うと、真実は人さし指で眼鏡をクイッと持ち上げた。

幽霊船の海賊 1 - 海賊の呪い!?　カリブに降る赤い血の雨

## 海賊船のトリック

1 空中にドローンで霧のかたまりをつくる

2 プロジェクターで海賊船の映像を映す

「雨は人工的に降らせることができるんだ。おそらく犯人は、雲の中に雨を赤くする『赤土』と一緒に『ヨウ化銀』をまいたのさ」

## 「ヨウ化銀?」

耳なれない言葉に健太が首をかしげる。

「ああ。『ヨウ化銀』の粉末は、雨を作るのに必要なあるものと結晶の構造がそっくりなんだ。だから『ヨウ化銀』を雲の中にまくと、雨が降りやすくなるのさ」

「ヨウ化銀」の結晶の構造とよく似ていて、雨を作るのに必要なものとは?

1・水
2・氷
3・太陽の光

**ヨウ化銀**
ヨウ素と銀が結びついたもの。淡い黄色をした無臭の粉末。光に当たると灰色に変わる性質を持つ。

**幽霊船の海賊 1 - 海賊の呪い!?　カリブに降る赤い血の雨**

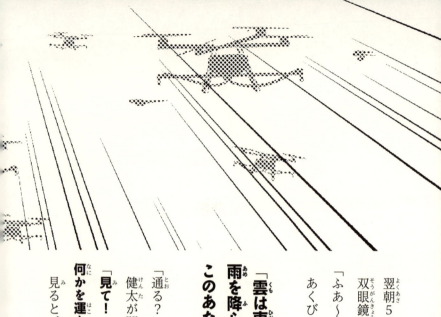

翌朝5時。真実たちは島の東の端にある海岸にいた。双眼鏡を手に、ジッと空を見張っている。

「ふぁ～、どうしてこんな誰もいない海岸に来たの?」

あくびまじりに健太がつぶやくと、真実が言った。

「雲は東側の海から貿易風に吹かれてやってくる。雨を降らせるために、雲に細工をするなら、このあたりを通るはずだよ」

「通る? 通るって何が?」

健太が聞き返した瞬間、サラが空を指さして叫んだ。

「見て! ドローンでござる!」

何かを運んでるみたいでござるよ!

見ると、たくさんのドローンが編隊を組んで飛んでいる。

機体には、大きなタンクが取りつけられていた。

## 「おそらく、あのドローンで赤い雨を作り出すつもりだ」

真実はそう言うと、ドローンが飛ぶ方角へと走り出した。

肩から下げたバッグからすばやく銃を取り出す。

先端のパーツを変えることで発射する弾丸を自由に変えられる、真実のアイテム「ハンディガン」だ。

真実は、銃口に先のとがった矢を装填し、ドローンに狙いをつけた。

**貿易風**
赤道付近や北極、南極で1年にわたって東から西へ吹く風のこと。偏東風とも呼ばれる。地球の自転により北半球と南半球で風向きが変わる。

バシュッ！

　放たれた矢は、見事にドローンのタンクを射抜いた。
　タンクから、サラサラと粉のようなものがこぼれ落ちるのが見えた。
「あれはなんでござるか!?　確かめに行くでござる！」
　真実たちが駆けつけると、地面に赤土と黄色っぽい粉が散らばっていた。
「もしかして、これが真実くんが言っていた『ヨウ化銀』？」
　健太の言葉に真実はうなずいた。

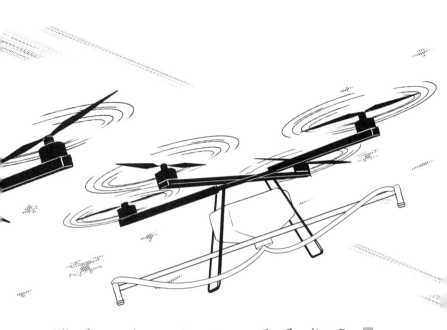

「ああ。ヨウ化銀は、雨を作るのに必要な『氷』とよく似た構造をしている。だから雲の中にある水の粒とくっつきやすいんだ。それが雲の中で冷やされると大きな氷の粒になる。大きな氷の粒は重いから、雲から落下して溶けて雨になるというわけさ」

「そうか、犯人はドローンを使って雲の中にヨウ化銀と赤土をまいて、赤い雨を降らせていたんだね」

健太が言うと、美希は怒ったようにほおをふくらませた。

「きっと犯人は、ヴァイオレットさんに黒ひげの宝を取られるのがイヤで、幽霊船や赤い雨をでっちあげたんだよ！ 島の人たちまで

## 雨が降るしくみ

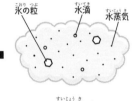

氷の粒　水滴　水蒸気

水蒸気が
上空で冷やされて
雲ができる

水滴や氷の粒がくっついて
大きくなり、
雨や雪になって降る

## 赤い雨のトリック

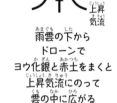

ヨウ化銀　赤土

上昇気流

雨雲の下から
ドローンで
ヨウ化銀と赤土をまくと
上昇気流にのって
雲の中に広がる

ヨウ化銀に
水滴がくっついて
大きな粒に
なっていく

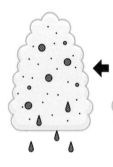

まわりの赤土を
巻きこみ
赤土が混ざった
水滴になり
赤い雨になって降る

巻き込んで迷惑なヤツ！」
サラはホッと息をはいて美希に言う。
「じゃあ、幽霊船も赤い雨も黒ひげの呪いじゃないのでござるな!?」
「これでもう怖くないでしょ？　黒ひげの宝を見に行く覚悟はできた？」
「もちろんでござる！　最初からその覚悟はできているでござる！」
サラの元気な声に、美希は思わずほほえんだ。つられて健太も笑って言う。
「まずは、バハマに残された、悪魔の印がついたアイテム探しだね！」
「みんなでレッツゴーでござる！」
その言葉に真実もうなずく。
「３００年以上、誰も見つけられなかった黒ひげの財宝。そして、財宝探しを妨害しようとする犯人……何か大きなナゾが隠されていそうだ」

そんな真実たちの様子を、遠くから望遠鏡でのぞいている一団があった。

高台に立つ廃墟の一室。

暗闇に包まれた室内には、ボロボロの海賊の服を身にまとった、不気味なガイコツたちの姿があった。

その中心にいるのはなんと、首がない海賊だった。

「ギイイイ……ヤツラヲ追エ。コノ黒ヒゲノ宝ハダレニモワタサン」

# SCIENCE TRICK DATA FILE
## 科学トリック データファイル

## 天気をあやつる技術

自然の雲に雨を降らせるきっかけを与えることを「人工降雨」といいます。自然にできた雲の中に、雨の種になる小さな物質をまくと、そこに水や氷がくっついて大きくなり、数十分後に雨が降ります。雨の種にはヨウ化銀のほか、ドライアイスや塩

小さな雨の種をまくんだね

### 雨の種を地上からまく

小さな物質を水蒸気に混ぜて空に放出したり、ロケットで撃ち上げたりする

などが使われます。

世界50カ国以上で取り組まれていて、2008年の北京オリンピックでは開会式当日に雨が降らないよう、中国政府が事前に雨を降らせました。

干ばつ対策としても注目される技術ですが、自然への影響がわかっていないことや、雨の量が不平等になるなどの理由で反対する人もいます。

> 雲の温度で種に使う物質が違うんだよ

## 上空で雲に直接まく

雨が降りそうな雲を狙って、航空機で雲に直接種をまくこともできる

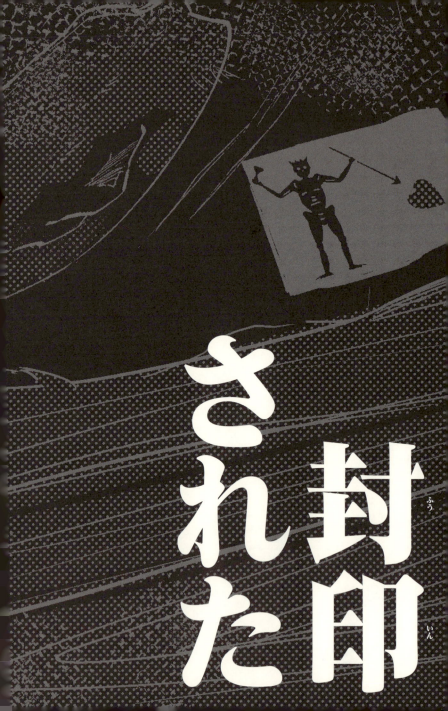

# 幽霊船の海賊 2

## 悪魔の地図

「うわあ、すごいにぎやかな場所！」
「麦わら帽子や、かわいい民芸品がたくさんあるね！」
真実が幽霊船の正体を見破った翌日、一行はサラの案内で、港近くにあるストローマーケットにやってきた。

そこは、ナッソーにある手工芸品市場。ヤシの葉を加工して作った帽子やカゴ、コンク貝を使ったアクセサリーなどが所狭しと並んでいる。
「コンク貝は、バハマの名物なんでござる。食べても、おいしいんでござるよ」
ピンクのハート形のコンク貝を連ねたブレスレットを指さしながら、サラは自慢げに言った。すると、健太がつぶやく。
「そういえばハマセンは、昨日、おいしいものを食べすぎておなかをこわしたって言ってたっけ……。大丈夫かなあ？」
自分そっくりなハマセンをドッペルゲンガーと思い込み、ショックで気分が悪くなりひとりホテルに向かったハマセン。しかし、その後、元気を取り戻し、ガイドブックで紹介されているおいしい店を片っ端から食べ歩いた。その結果……おなかをこわして、またまたダ

**幽霊船の海賊 2 - 封印された悪魔の地図**

ウンしてしまったのだ。ハマッセンも、ハマセンを看病するためにホテルに残り、マーケットにいるのは子どもたちだけだった。

「ちょうどよかったでござるよ。黒ひげの宝を探そうとしてることが父上にバレたら、反対されるに決まってるでござるからな」

そう……4人の目的は宝探しだ。

サラの母親が海に流し、巡りめぐって美希たちが手に入れ、サラのもとに戻ってきた宝の地図と、「悪魔」の印のついた何かを合わせれば、黒ひげが隠した宝のありかがわかるかもしれない。サラは、これを「運命」と感じていた。

**ストローマーケット**
バハマの首都・ナッソーにある手工芸品市場。特産の麦わら帽子や麦わらバッグなどのわら細工や、土産物を扱う店が多数集まるアーケード街。

「見て！　海賊の剣でござる！」

土産物屋の店先に飾られた海賊の剣、カトラスに目を留めたサラは、それを手に取り、ポーズを決める。

「黒ひげのお宝は、女海賊アン・ボニーの子孫であるこのワタシ、サラ・ボニーさまがちょうだいするでござるよ！」

サラは、調子に乗って、カトラスを振り回し始めた。

シュッ、シュッ、シュッ、シュッ。

**カトラス**　15世紀から17世紀の大航海時代に船乗りたちが使っていた、刃の部分が分厚く反り返っている短剣。

「ちょっ……こんな狭い場所で、ほかのお客さんに迷惑でしょ!」

そう、美希はたしなめたが、健太は単純にサラの剣さばきに感心する。

「すごい! サラちゃん、日本のお侍さんみたいだ!」

「父上とチャンバラごっこで鍛えたんでござる」

「チャンバラごっこ? ああ、そういえば、家族で毎日、時代劇を見て日本語を覚えたって言ってたよね?」

「言うまでもないことでござるが、忍者映画もよく見るでござるよ」
「あっ、ぼくも忍者のアニメ、大好き!」
健太とサラはここに来た目的も忘れ、忍者の話に夢中になる。
そんな2人を見て、美希はせきばらいをしながら言った。
「ねえ、それより、こんなところに『悪魔』の印がついた何かなんてホントにあるの?」
見た感じでは、ストローマーケットは、ただの観光名所だ。
「悪魔」の名にふさわしい、おどろおどろしさは微塵もない。
すると、サラは、胸を反らせながら、こう言い返してきた。
「『悪魔』の印がついた何かがここにあるなんて、ひとことも言ってないでござる」
「えっ?」
「お主たちをここに案内したのは、『悪魔』のアイテムがある場所を知っていそうな人がここにいるからなんでござるよ。いいから、ついてくるでござる」
サラは、自信満々にそう言うと、先に立って歩き出した。
歩きながらサラは、陽気に英語の歌を口ずさむ。

「ねんねや、ねんね、おやすみよ〜♪　寝ないと、くるぞ、ガイコツがぁ〜♪　天秤持って、やってくるぅ〜♪　口をつぐめや、つぐめ。流した涙があふれればぁ〜、地獄の入り口すぐそこにぃ〜♪　ほら、連れてくぞ〜♪」

「その歌、何？」
「先祖代々、うちに伝わる子守歌でござる」
サラはそう言いながら、路地裏へと歩を進めた。母上がよく歌っていたんでござるよ」

4人がやってきたのは、市場の一角でタロット占いをやっている占師のオババのもとだった。サラによると、オババは100歳を超えていて、ナッソーのことなら、昔のことも、今のことも、なんでも知っているという。
オババは、いきなりタロットカードを切ると、4人の前に聖杯のカードを置く。
「カップのエース。『幸せを受け取ること』を意味するカードだ」

「幸せを受け取る⁉」
「黒ひげの宝を手に入れられるってことね!」
翻訳アプリで日本語に訳されたオババの言葉に、健太と美希は大はしゃぎだ。
サラは前のめりになって、オババにたずねる。
「で、どうすれば、その宝は手に入る⁉『悪魔』の印がついた何かを手に入れれば、宝のありかがわかるんだけど、それはどこにあるんだ⁉」
「ふっふっふ……」
オババは、含み笑いをしながら答えた。
「『悪魔』の印がついた何かというからには、『悪魔』の名にちなんだ場所にあるんじゃないかい?」

「で、その場所はどこ!?」

「さあてね……この道をまっすぐ行った街はずれに、悪魔がいると言われている森ならあるが……」

「悪魔の……森?」

「子どものころ、まわりの大人から、その場所にだけは足を踏み入れちゃいかん、入ったら最後、取り殺されちまうっく、よく言われたものさ。悪魔のように恐ろしい、黒ひげの亡霊が夜な夜な首を求めて、さまよい歩くってね……」

オババの言葉に、サラはゾッとした。
オババは、くくく……と笑いながら続ける。

「坊ちゃん、嬢ちゃん、その場所に行くんだったら、気をつけたほうがいいよ。あんたらの行く手には危険が待ちかまえてると、タロットの『死神』のお告げが出たからね」

オババがそう言ってかざしてきたのは、『死神』のカードだった。

健太とサラは、思わず、あとずさりする。

「や……やっぱ、今日はやめといたほうがいいかもしれぬでござるな。13日の金曜日……日が悪いでござる」

「えっ？　今日は金曜じゃなくて、木曜よ」

美希は、タブレットのカレンダーを確認しながら、言い返した。

「もしかして、サラちゃん、亡霊が怖いの？」

「こっ……怖くなんかないでござる！　も、木曜だったら、問題はないでござる！　日が暮れないうちに、急ぐでござる！」

サラはそう言うと、忍者走りで駆け出していく。

「サラちゃん、待って〜」

健太たちは、サラの後を追いかけた。

そんな4人の姿を、路地裏の暗がりから見つめている者たちがいた。
まるで海賊の亡霊そのもののような、ドクロの顔をした男たち——。
そのうちの1人は、首がなかった。

●

カラフルな店や家々が立ち並ぶ通りをまっすぐ歩いていくと、やがて建物がまばらになって、見晴らしのいい場所に出る。
「街はずれっていったら、このへんだと思うけど……」
「森なんてどこにあるの?」
あたりを見回しながら、健太と美希がつぶやいた。
「もしかして……あれのことじゃないかな?」

真実は、前方に見えるマングローブが生い茂った場所をさす。

それは森というより雑木林に近かったが、地図で確認しても、このあたりで「森」と呼べそうな場所はそこしかないと、真実は言った。

「あはは、なーんだ。オババが『悪魔の森』なんて言うから、どんなところかと思ったら、大したことないでござるな」

サラは笑いながら、マングローブの林の中へと足を踏み入れた。

しかし、そこで足が止まってしまう。

林の中は薄暗く、不気味な雰囲気が漂っていたのだ。

道はぬかるんで、海水と淡水が入りまじったところだった。

「なんか急に曇ってきたみたいだね」

空を見上げ、健太が不安げにつぶやく。

「雨が降りそうだな。探すなら、急いだほうがいい」

真実は、先頭に立って、ぬかるんだ道を歩き出した。

90

「ねえ、なんか……誰かに見られているような気がしない?」
歩き出してしばらくすると、美希はあたりを気にしだした。健太はおびえる。
「占い師のオババが言っていた黒ひげの亡霊が、ぼくたちを監視しているのかな?」
そのとき、藪がガサガサッと動いて、何かが美希の目の前を横切った。
美希は「きゃああっ!」と叫んで、そばにいたサラに抱きつく。
しかし、よく見ると、それはシッポがクルクルと丸くなったトカゲだった。
「ただのトカゲでござる」
サラによると、そのトカゲは「キタゼンマイトカゲ」という名で、ナッソーでは、街中でもよく見かける生き物だという。
「キタゼンマイトカゲは、敵が近づくと、あのクルクルとなった尾を揺らして相手の注意を逸らすんだ」
「さすがは真実殿の、よく知ってるでござるな」
サラは感心したようにそう言い、美希にからかうような視線を投げかけた。
「それにしても、ただのトカゲを見て怖がるとは、美希殿、お主もなかなかのビビリよのぉ」

**マングローブ**
熱帯・亜熱帯地域の河口などの、海水と淡水が混ざり合う場所に生息する植物。地面や水面の上に出ている根で呼吸する。日本では沖縄などで見られる。

「なっ……トカゲだってわかってたら、こっちも驚いたりなんかしないよ!」

サラと美希は、「フン!」と、ソッポを向き合った。

**キタゼンマイトカゲ**
バハマ原産で中南米に生息する小型のトカゲ。敵から逃げるときや興奮したときに、尾を山菜のゼンマイのように巻くため、その名がついた。

そのとき、黒雲に覆われた空から、ポツポツと雨が降り出した。

「もしかして血の雨!? 黒ひげの宝に近づくことを妨害する誰かが、ぼくたちに警告しているのかな?」

健太は、空を見上げ、つぶやく。

しかし、降ってきたのは赤い雨ではなく、ふつうの雨だった。

「ただのスコールでござる。でも、うかうかしてると、アッという間にどしゃ降りでござ

「どこかで雨宿りしたほうがよさそうだね」

真実はそう言うと、避難場所を探して、ぬかるんだ道を歩き出す。

「美希ちゃん、早くこっちへ！」

健太は、ぬかるみに足をとられてあたふたしている美希を促し、手ごろな木の下に逃げこんだ。

サラと真実も、そばにあった別の木の下に避難する。

健太と美希が雨宿りした木には、黄緑色のリンゴのような実がなっていた。

「この実、なんかおいしそう……食べられるのかな？」

手を伸ばそうとした健太を見て、サラはハッとする。

「健太殿の、ダメでござる！」

「えっ!?」

「2人とも、早くその木の下から離れるでござる！」

サラの声に、健太は反射的に木の下から飛びのいた。

一瞬、遅れる美希。そのとき……。

ポタリ！

木の枝から落ちてきた水滴が、美希の腕にたれた。

## 「痛いっっ!!」

美希は、激しく痛がりながら、あわてて木の下から飛び出す。

「美希ちゃん！」

見ると、水滴のついた美希の腕は赤くなり、水ぶくれのようになっていた。健太は青ざめる。

「水滴がついただけなのに、こんなことになるなんて……。もしかして、黒ひげの呪い？」

「美希殿、早くこっちへ！」

サラは、ショックで声も出ない美希の手を取ると、水辺へと連れていく。赤くなった美希の腕を、サラは水で洗い流した。

94

「これで大丈夫。しばらくすれば、腫れも治るでござるよ」
「あ、ありがとう……」
美希は、とまどいながら、サラを見返す。
すると、サラは、にっこりほほえんで言った。
美希殿と健太殿が雨宿りした木は、『死のリンゴ』の木の下だったんでござるよ」

## 「死のリンゴ……そうか、マンチニールか!」

真実に、ハッと気づいて、つぶやいた。
「マンチニールは、『世界一危険な植物』と言われていて、リンゴに似たその実には猛毒があるんだ」
「も、猛毒!? サラちゃんが止めてくれなかったら、ぼく、死んでたかもしれないってこと!?」
「実だけではなく、樹液にも毒があって、木をつたった雨水に触れただけでも激しい痛みに

「襲われることがある」

マンチニールのことを知識としては知っていた真実も、実物を見たことがなかったので、気づかなかったらしい。

「サラさんがいなかったら、大変なことになっていたな」

真実の言葉に、美希と健太はうなずき、サラに感謝の目を向けた。

「それにしても、サラちゃんはすごいね。いろんなこと知ってて……」

「ほんと、命の恩人だよ」

**マンチニール**
アメリカ南部やメキシコに生えている植物で、樹液や樹皮、実などあらゆる部分に毒がある。「世界一危険な木」としてギネス世界記録にも掲載されている。

「なーに、これしきのこと。地元の人間は、知っていて当然でござるよ。お主たちが知らなすぎるだけでござる」

サラは、すっかり得意げな顔になった。

雨があがり、木々の間から、うっすらと日が差し始めた。

林を歩きながら、美希が隣を歩く真実に言う。

「占師のオババが子どものころ、『森には悪魔がいる』ってまわりの大人たちから言われていたのは、マンチニールの木があって危険だから近づくなっていう意味だったのかな?」

「うん。そうかもしれないね」

「だとしたら、この場所、黒ひげとは関係ないんじゃない?」

そのとき、前を歩いていた健太が、突然、声を張りあげた。

「うわあっ、何ここ!?」

どうやら、そこは墓地のようだ。

目の前には、ボロボロの墓石が並んでいる。

「お墓っていえば……幽霊だよね？　占師のオババが言っていた黒ひげの亡霊は、この墓地に出るんじゃ……？」

「そ、それは……裏を返せば、ここに『悪魔』の印がついた何かが隠されてるって証拠でござろう！　みんなで手分けして探すでござる！」

サラは、震えながらも、力強い声で言った。

4人は、墓地を探索しはじめる。

「……？　この数字、なんだろう？」

真実は、墓石にそれぞれ刻まれている「4」「6」「9」「13」「25」「88」などの番号に目を留めた。

「見て！　こっちには、なんか文字が書かれてるよ！」

健太は、墓石のひとつをさしながら言った。

「ねえ、これ、なんて書いてあるの？」

墓石に刻まれていたのは、英語の文章だった。

真実は、それを日本語に訳し、健太に教える。

「歌い、踊りたけりゃ、俺様の銃の弾を浴びろ。黒ひげ」って書いてあるんだ」

「黒ひげ!?　じゃあ、『悪魔』の印がついた何かは、このお墓に隠されてるってこと!?」

「いや、そんな単純なことではない気がする」

真実はそう言うと、墓石に刻まれた英文をじっと見た。

『俺様の銃の弾を浴びろ』

……黒ひげはいつも6丁のピストルを身につけていた。

当時のピストルは、弾が一発しか出ない。

つまり、黒ひげが撃てる弾の数は……」

「6！　『6』でござるな！」

話を聞いていたサラが、横から叫んだ。

「そう。『悪魔』のアイテムが隠されているとしたら、それは『6』という番号の墓だ」

4人は、「6」と刻まれた墓石に駆け寄った。

「見たところ、ただのお墓でござるな」

「悪魔のアイテムは、このお墓の下にあるんじゃない?」

「もしかして……棺おけの中とか?」

サラ、美希、健太は、とまどいの表情を浮かべ、墓石を見つめる。

そのとき、真実が墓石の裏にある小さな突起に気づいた。

真実が突起を押す。すると、次の瞬間——、

ゴゴゴゴゴゴゴ……。

墓石が、台座ごと横に動いた。

「ひゃああっ!!」

健太は、思わず尻もちをつく。

墓石の下からは、地下へと続く階段が現れた。

真実が照らす懐中電灯の明かりを頼りに、4人は階段を下りていく。

中は暗く、クモの巣だらけで、ネズミやムカデが床をはっていた。

ほこりが積もった地下室の奥には、カウンターがあり、壁に沿って、棚が作られている。

「ここは酒場!? 墓地の下には、黒ひげの秘密の酒場があったんだ!」

棚の上には、ラム酒などの瓶が並んでいた。

健太は、目をみはる。

テーブルの上に残されたサイコロやカップを見て、真実も言った。

「どうやら賭博場も兼ねていたようだね」

「賭博場?」

「賭けごとをする場所さ。当時の海賊は、太く短く、『今日が楽しければそれでいい』という気持ちで生きていたんだろう」

「太く……短く?」

「カリブの海賊は、貧しさや不平等な政治のせいで、海賊に身を落とした者がほとんどだった。その生活は『海賊になって、3年生き延びた者はいない』と言われるほど『死』と隣り合わせの過酷なものだったんだ」

真実の言葉に、一同はしんみりとする。

だが、サラはすぐに気を取り直して言った。

「ここが黒ひげの酒場だってことは……もう、間違いないでござるな？『悪魔』の印がついた何かは、絶対にこの酒場のどこかにあるはずでござるよ」

4人は手分けして『悪魔』の印がついたアイテムを探す。

クモの巣を払いながら、カウンターの中を探していた健太は、酒樽の上にポツンと置かれた銀製のゴブレットに気づいた。

「ん？　この絵、もしかして……？」

ゴブレットを手に取る健太。

カップの側面には、2本のツノとシッポがついた「悪魔」の絵が彫られていた。

その絵を見て、美希とサラは同時に叫ぶ。

「悪魔の絵よ!」
「健太殿、お手柄でござる! オババが最初に示したのも、聖杯のカードでござった! 悪魔の聖杯! それが、もうひとつのアイテムなんでござるよ!」
「えっ? じゃあ、この細長いコップみたいなものを、あの地図と合わせると、黒ひげの宝のありかがわかるってこと!?」
健太は、そう言ったあとで、首をかしげた。
「でも、合わせるって……どういうことなんだろう?」
「健太くん、そのゴブレット、ちょっと見せてくれるかい?」
真実は、手にしたゴブレットをじっくりと観察し始めた。
悪魔の絵の反対側には、小さくポツンと、ダイヤの

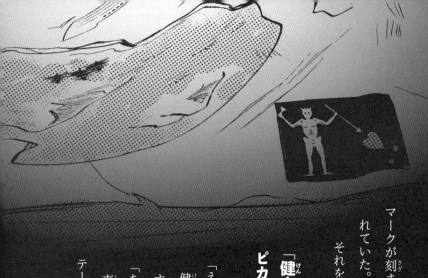

マークが刻まれている。ゴブレットの台座には、1本の短い線も刻まれていた。

それを見て、真実は「なるほどね」と、ニヤリ。

「**健太くん、悪いけどこのゴブレットをピカピカになるまで磨いてくれるかい?**」

「えっ、磨くの? ……うん、わかった」

健太は、持っていたハンカチで、ゴブレットを必死に磨く。

すると、その表面は、鏡のようにピカピカになった。

「ありがとう、健太くん。そのぐらいでいいよ」

真実はそう言うと、黒ひげの旗のマークがついた地図をテーブルに広げた。

その地図を、懐中電灯で照らす。

明かりの中に浮かびあがった地図の島は、奇妙にゆがんだ扇形をしていた。

「この島、ヴァイオレットさんは『今も昔もこのカリブ海には存在しない』って言ってたよね?」

健太の言葉に、真実はうなずく。

「うん、たしかにそのとおりだ。このままの状態ではね」

「……このままの状態では?」

「黒ひげの旗のマークがついたこの地図は、『悪魔』の印がついたこのゴブレットと合わせて使うことで、初めて正しい形の島の地図になるんだ」

「えっ、そうなの!? でも、合わせるって……どうするんだろう?」

健太は、地図とゴブレットを交互に見ながら、必死に考えた。

「この奇妙にゆがんだ扇形の島の地図――これは『アナモルフォーシス』という手法を用いて描かれたものなんだ」

地図をさしながら、真実は言った。

「アナモルフォーシス?」

「そう。それは、平面だとゆがんだ奇妙な形だけど、筒状の鏡のような物体に映すと、初めてちゃんとした絵になる手法のことさ。少し大変だけど、その気になれば、アナモルフォーシスで地図や絵を描くことは誰にでもできる」

「えっ、誰にでもできるの?」

「そう。トレーシングペーパーなどで左右を逆にした絵や地図を、扇形の方眼紙に写し取っていけばいいんだ」

そう説明したあと、

真実は扇形の地図の真ん中の空白部分に、鏡のように磨かれたゴブレットを立てた。台座の縁に刻まれた線が、地図の上に描かれた短い線とつながるよう、位置を調節する。

すると、ゴブレットに、島の地図が映った。

映った島は、扇形ではなく、ハートの形をしていた。中央には三角の山があり、その上のほうには切り込んだ入り江があった。入り江のそばには、岩山の洞窟がある。

「この形……もしかして、あの無人島でござるか！」

ゴブレットに映った島の形を見て、サラは驚きの声をあげた。

「名前のない島があるんでござる。地図にも載っていない、地元の人間しか知らない無人島で……バミューダトライアングルの中にある島のひとつなんでござるよ」

「バミューダトライアングル!?」

美希は、顔をこわばらせた。

「それって、バハマ諸島の北東にある『魔の海域』って呼ばれている海域のことだよね？ 船や飛行機が消えちゃうっていう……」

「そう。魔の海域にある島だから、誰も近づかないんでござる。島にはピンクの砂浜があって、一見、恐ろしそうには見えないんでござるが……近づいた者は帰れないとウワサされて

健太は、ぞっとした。

「真実くん、ほんとにこの島に、黒ひげの宝なんかあるの?」

「おそらくね。ゴブレットに刻まれたこのダイヤのマークは、地図にある岩山の洞窟とピッタリ重なっている。宝のありかは、この洞窟である可能性が高い」

一同は、シンと静まり返った。

## プルルルル、プルルルル……。

そのとき、サラのスマホが鳴る。

サラが電話に出ると、電話の向こうからは、英語で話すハマッセンの声が聞こえてきた。

『サラ、そっちの様子はどうだ? まさか……黒ひげの宝を探したりしてるんじゃないだろうな?』

サラはしばらく押し黙ってから、父親のハマッセンに告げる。

「その、まさかだよ」

「いるんでござる……」

『えっ!?』

「黒ひげの財宝のありかが、わかったの。これから宝を探しに、ハートの島へ行く!」

『ハートの島って……まさか、あのバミューダトライアングルの!? 何を考えてるんだ!? 絶対に行っちゃダメだぞ! ママだって、生きていれば同じことを言うはずだ!』

電話の向こうで、ハマッセンは焦りまくりながら「行ってはいけない」と、何度もくり返した。

サラは、唇を噛みしめながら、父親の言葉を聞いていたが……。

やがて、ブツリと、電話を切ってしまう。

「えっ、切っちゃっていいの!?」

健太は驚いて、サラを見た。

「……いいんでござる。『海賊に憧れてはいけない』『冒険はするな』……。もう何度も何度も聞かされてきた言葉なんでござる。母上からも、父上からも、耳にイカができるくらい

……」

「耳にイカ?……あ、耳にタコのことだよね?」
「ワタシは、海賊のように冒険がしたかった。ずっと、その気持ちを心の中に閉じ込めてきたんでござる。でも、いざとなると勇気が出なくて……」
サラは、そう言って、こぶしをにぎりしめた。
「サラちゃん……」
美希は、サラのこぶしを両手で包みこむ。

「**行こう、冒険の旅に! せっかく宝のありかがわかったんだもん。みんなで力を合わせれば、きっと見つけられるよ!**」

「美希殿……」
サラは、感激に目をうるませた。
「アン・ボニーには、メアリ・リードという親友の海賊がいたと、前に話したのを覚えてるでござるか? お主とワタシは、メアリとアンのようでござるな」

「うん、そうだね、サラちゃん」

「『サラちゃん』なんて、水くさいでござるよ。ワタシのことは『サラ』と呼んでほしいでござる」

「わかった、サラ。わたしのことも『美希』って呼んでね」

2人は、互いの目を見て、ほほえみ合った。

そのときだった。

健太は、ハッと息をのみ、恐怖に顔をひきつらせる。

いつの間に階段を下りてきたのか、暗がりに5人の人影が現れたのだ。

……いや、「人影」という表現は、正しくないかもしれない。

5人のうち、4人はドクロの顔をした海賊で、残りの1人には首がなかったのだ。

**「首のない海賊……黒ひげの亡霊!?」**

## オババが言っていた亡霊は、本当にいたんだ！

そのとき、首なし海賊がこちらに近づいてきて、ドクロの指輪をはめた両手をグイッと伸ばしてきた。

（こ……殺される！）

健太は、身を縮め、目をつぶる。
だが、首なし海賊がつかんだのは、宝の地図とゴブレットだった。
海賊たちは、それらを奪うと、素早い動きで階段を駆けあがっていく。
どうやら地図を奪うことが、彼らの目的だったようだ。
真実は、去っていく首なし海賊の頭部に懐中電灯の光を当てる。その頭は、黒いシルエットとなって浮かびあがった。

## 「あれは、ただの人間さ」

**幽霊船の海賊2 - 封印された悪魔の地図**

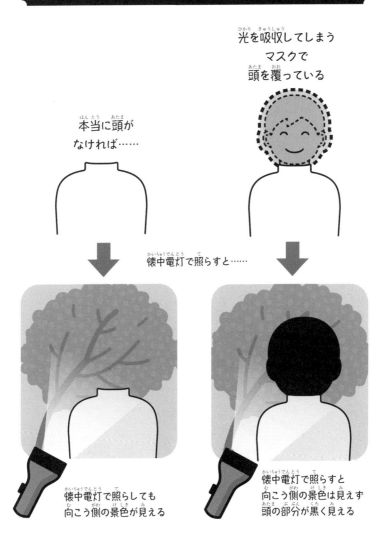

「ただの人間!?」

「本当に首がなければ、首の向こう側の景色が光に照らされて見えるはずだ。だが、見えたのは、頭の形をした影だった。懐中電灯の光を反射しないところから考えて、かなり吸収率の高い光吸収素材のマスクをつけているんだろう。光を吸収すると、その部分が真っ黒に見えるから、暗い場所では、首がないように見えたんだ」

「はぁ……なんだ、そういうことだったのか」

健太は、拍子抜けする。

「そうとわかったら、こうしちゃいられないでござる！　早いとこ、あいつらから、地図を取り返すでござる！」

サラは、階段をいっきに駆けあがっていく。

しかし、4人が地上に出たとき、首なし海賊たちの姿はすでになかった。

「いてて……」

あわてた健太は、地上に出たところで転んでしまい、ひざをすりむいた。

そんな健太を、サラは気にしながらも、鼻息荒く、あたりを見回す。

「あいつら、どこへ行ったんでござるか!?」
「大丈夫。心配はいらないよ。地図は、もうぼくの頭の中に入っている」
「地図を取り返す必要はないと、真実はサラに言った。だが、美希は心配そうに言う。
「でも、地図がほかの人間の手に渡ったら、宝を横取りされちゃうかもしれないのよね?」

「こうなったら、今すぐ出航でござる!」

「出航!?」
サラの言葉を聞いて、健太たちはあっけに取られた。

海賊に憧れていたサラは、手造りの船を、海岸近くの秘密基地に隠していた。
「何年も前から少しずつ材料を集め、古い漁船を改造して造ったでござる。ようやく出航するときが来たんでござるなぁ……」
『サラ・ボニー号』と船名が書かれた船を前に、サラは感無量といった様子だ。

「で、でも……この船、ちゃんと動くの？」

健太は不安を感じたが、海に浮かべてみると、船はしっかりと水に浮いた。

サラがロープを引っ張ると、帆もスルスルとあがる。

帆はツギハギだらけだったが、風をはらんで、ハタハタと音を立てた。

サラは、手作りの海賊帽をかぶると、舵輪の前に立った。

「さあ、みんな乗って！　宝探しの旅に出発するでござる！」

サラの呼びかけに、真実、健太、美希は船に乗り込む。

サラは舵を握りながら、声を張り上げた。

「ハートの島を目指して、全速前進！」

帆に追い風をはらんだ「サラ・ボニー号」は、海の彼方へと船出したのだった。

## 科学トリック データファイル

秘密の暗号みたいだね!

## 「ゆがみ絵」を描いてみよう

円柱の鏡に映すと正しい絵に見える「アナモルフォーシス(ゆがみ絵)」は、普通の方眼紙と、分度器のような扇形の方眼紙があれば描くことができます。鏡も、円柱のものにアルミホイルやミラーシートを貼って手作りできます。

124

幽霊船の海賊 2 - 封印された悪魔の地図

## アナモルフォーシスの描き方

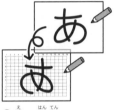

### ①絵を反転させる

透過紙（トレーシングペーパー）に絵を描き、裏返した絵を普通の方眼用紙に描く

### 必要なもの

- 透過紙
- 方眼紙（※）
- 扇形の方眼紙（※）
- 筆記用具
- トイレットペーパーの芯
- アルミホイル

江戸時代には刀のさやに映す「さや絵」が人気だったんだ

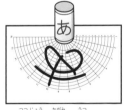

### ③筒状の鏡に映す

トイレットペーパーの芯にアルミホイルを貼り、扇形の方眼紙の丸い中心部分に置く

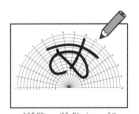

### ②扇形の方眼紙に写す

方眼紙のマス目ごとの模様を、扇形の方眼紙の同じマス目のところに写しとっていく

※方眼紙と扇形の方眼紙はこの本の巻末についています。コピーして挑戦してみてね！

# 死の洞窟と

幽霊船の海賊 3

## ザバーンッ！　ザババーンッ！

急に雲行きがあやしくなった。海が荒れ、大きな波が何度もサラ・ボニー号を襲い、海水がそのたびに甲板へと流れ込む。

健太はせっせとバケツで海水をくんでは外に出している。

「ゲッホッホッ、船よいで気持ち悪っ……」

甲板がグラグラと大きく揺れるなか、健太は青ざめた表情で手を止める。

「コラ、雑用係サボらない‼　このままじゃ転覆しちゃうよ！」

望遠鏡を首から下げ、舵をあやつる美希は健太をせかした。

「チェッ、なんでぼくは雑用係なのさ」

「サラが船長なら、わたしは船長を補佐する航海士。そして真実くんは島の地図を記憶しているから、健太くんは雑用係しかないでしょ」

潮風を受けて真実の髪が揺れる。

真実はサラと一緒に船の先端に立ち、真剣なまなざしを大海原に向けていた。

あたりには大小さまざまな無人島がいくつも存在する。

船長のサラが大声をあげる。

## 「おもぉぉかじーいっぱーい！」

「サラ、よくそんな昔の言い方知ってるね。でも、おもかじってどっちだっけ??」

不思議そうに首をかしげる美希に、真実は告げる。

「船の進行方向を右側に変えることを面舵、その反対を取舵というんだよ」

「でも、不思議な言い方だよね」

「美希さん、古くからの日本の船での言い方さ。由来は干支からでね。船の舵の輪っかを干支に見立てて右側が卯の舵と呼ばれ、次第になまって『面舵』になった。取舵は干支の左側にある酉から……」

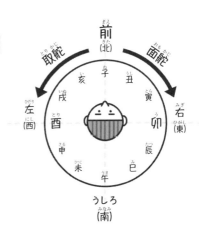

### 干支で向きを表す方法

**干支**
古く中国から伝わった数え方で、甲・乙・丙などの「十干」と子・丑・寅などの「十二支」を組み合わせ、暦や時間、方角を表した。日本では十二支だけをさすことが多い。

「もう2人ともっ！　そんなことよりも、急ぐでござる。首なし海賊たちはきっともう島に着いているでござるよ！　島はまだでござるか」

サラは地団駄をふんだ。

## 「あ、前方に島を発見っ‼」

望遠鏡をのぞいていた美希が、遠くに見える島を指さして声をあげた。

真実も美希から望遠鏡を受け取ってのぞく。

「うん、島の形から、あの島でまちがいないね」

「やった、やったでござる‼」

あと100メートルほどで島に着くというときだった。

## ブォゴ、ジョボボボボボ

健太はハッとして、音のするほうを見る。

なんと、甲板の端から水があふれているのだ。
「わっ、船が水もれしてるよ！」
船はもともとボロボロで、荒波にもまれ、ついに破損したのだ。
「てぇへんでござる！このままだと船が沈んで、みんな海に投げ出されてしまうでござる!!　みなの者、ただちにサラ・ボニー号より脱出するでござる！」
サラの指示で、真実と美希は次々に海へと飛び込んだ。
健太だけは1人、オロオロととまどっている。
「健太殿も早く飛び込むでござる！」
サラはそう言い、海へ飛び込んだ。
真実が立ち泳ぎしながら健太に向かって声をかける。
「健太くん、大丈夫。服が水を吸って重たくなっても、静かに水に体をあずけていれば、服が空気をふくんで浮くよ」
健太は真実の言葉にしっかりとうなずく。
「エイヤッ!!」

勇気を出してジャンプして海へと飛び込んだ。

健太の頭を大きな波が襲い、一瞬にして海中にのみ込まれる。

ゴボゴボと海水を飲んだ健太は、どちらが上かわからなくなった。

必死に手足をばたつかせ、なんとか光が見える水面のほうへとあがる。

服が水をふくんで一気に重たくなったが、真実に言われたとおり、顔を上に向けて静かにしていると自然と体が浮いた。

サラ・ボニー号は波にのまれてバラバラの木片となった。

「あぁ……ワタシのサラ・ボニー号が」

真実、サラ、美希の3人はプカプカと浮かんでいた大きな木片を見つけ、そこまで泳いでつかまった。

「これにつかまったままみんなで泳げば、あの島にもたどり着けるでござる」

「健太くんもこっちへ来るんだ！」

真実が1人離れたところで小さな木片につかまっている健太に声をかけた。

「早く島へ向かうでござる！　このへんはサメがウジャウジャいるでござる！」

「サ、サ、サ、サメーッ!?」
必死に泳ぐ健太は、サラの言葉にすっとんきょうな声をあげた。
「そんなの先に言ってよ!」
美希も不満そうに言った。そして、ふと離れた場所にいた健太の背後に気づいて指さす。
「え、もしやアレって!?」
美希の声に、隣のサラと真実も健太のほうを見る。
なんと、健太のうしろの水面に大きな背びれがいくつも迫っている。
「まっこと、サ、サメの群れでござる!!」
「危ない!! 健太くん、うしろ!!」
美希の叫び声に、健太はあわててうしろを振り返る。
「えっ!?」
数頭のサメがこちらに向かってくる。
健太はパニックになって手足をばたつかせるが、波が強くてなかなか進まない。
健太の脳裏に、思い出が走馬灯のように駆け巡る。

(真実くんや美希ちゃんといろいろな事件を解決したな……。大変だったけど楽しかった……。でもぼくの人生も、カリブ海でサメのエサになって終わりか……)

「健太くん、絶対にあきらめちゃダメだ!!」

健太は真実の声にハッとして、離れたところにいる真実を見る。

真実と目が合って、健太は少し落ち着きを取り戻す。

「真実殿、何か助ける方法はないでござるかっ!?」

「どうしよう、サメがどんどん健太くんに向かってきてるよ!」

サラと美希が真実を見る。

真実はけわしい表情であたりを見回し、ふとサラの荷物に目を留める。

「サラさん、失礼するよ！」

真実はサラの防水リュックの中を探り、あるものを見つけた。乾電池だ。

「これがあれば助けられるかもしれない」

「え、そんなので!?」

懐中電灯に使うために新品を用意しておいたでござるが」

**「健太くん、この乾電池を海につけるんだ！」**

真実が乾電池をリュックから取り出して投げた。

健太はなんとか手をのばし、ガシッと乾電池を受け取った。

走馬灯
中心にろうそくなどの明かりを置き、その熱によって枠が回転する灯篭のこと。枠が二重になっていて、内側の影絵が回転し、外側の枠に次々と映し出される。

135

健太は迷うことなく、すぐさまそれを海につける!

すると……、

ザブンッ!!と波しぶきをあげて、サメたちが急に引き返していった。

「……え!? サメが遠ざかっていった!」

美希が驚きの声をあげる。

その隙に、健太は泳いで、真実たちがつかまっている木片までたどり着いた。

真実たちは木片につかまったまま泳ぎ、なんとか目的の島へたどり着いた。

真実、健太、美希、サラは泳ぎ疲れて砂浜へと倒れこんだ。

健太はたくさん飲んだ海水をゲホゲホとはきだす。

## サメを乾電池で撃退する方法

乾電池が海中で電気を放つとサメが驚いて逃げていく

乾電池

ようやく一息つくと、健太は隣の真実を見る。

「本当にありがとう。真実くんのおかげで命拾いしたよ！」

真実はぬれた髪をかきあげて、ニッコリと健太にほほえんだ。

「うん、サラさんのリュックに新品の電池があったのは不幸中の幸いだったね」

「でも、なんで電池なんかでサメが逃げたの？」

「サメの頭部には、電流をキャッチできるロレンチーニ器官と呼ばれる部位があるんだ」

「あ、ぼくも知ってる。たしか、それで獲物の魚を探すんだよね」

「そうなんだ。乾電池が放つ電気は魚が発する微弱な電気よりも数千倍も強いので、サメたちは驚いて逃げたん

**ロレンチーニ器官**
サメやエイの仲間が、獲物が発する弱い電気を感じ取る器官。頭の先にあり、小さな穴の奥にゼリー状の物質が詰まっている。

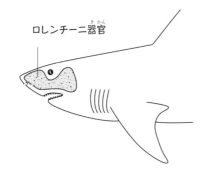
ロレンチーニ器官

だ」

サラは休憩もそこそこに起き上がって、何かを見つけて駆け出した。

海岸に誰も乗っていない船がとまっていた。

「ヤツら、やっぱりもう着いていたでござる！」

しかし、まわりに首なし海賊たちの気配はなかった。

「こんな小島にまっこと宝があるのでござるか……。ここは砂浜と山しかない無人島でござるよ。アイツら一体どこに向かったでござるか」

美希が砂浜に残されたたくさんの足跡を見つけて声をあげる。

「**これ、きっと首なし海賊たちの足跡だよ！ これをたどればいいんじゃない？**」

「美希、さすがでござる！」

足跡をたどると、洞窟の入り口があった。

「ここにマークがあるでござる！」

郵便はがき

1 0 4 - 8 0 1 1

おそれいりますが切手をお貼り下さい

朝日新聞出版　生活・文化編集部
# ジュニア部門　係

| お名前 | | ペンネーム | ※本名でも可 |
|---|---|---|---|
| ご住所 | 〒 | | |
| Eメール | | | |
| 学年 | 年　年齢　　才　性別 | | |
| 好きな本 | | | |

※ご提供いただいた情報は、個人情報を含まない統計的な資料の作成等に使用いたします。その他の利用について詳しくは、当社ホームページ https://publications.asahi.com/company/privacy/ をご覧下さい。

☆本の感想、似顔絵など、好きなことを書いてね！

ご感想を広告、書籍のPRに使用させていただいてもよろしいでしょうか？
1．実名で可　　　　2．匿名で可　　　　3．不可

サラは真っ先に駆け寄ると、洞窟の入り口の岩肌を指さした。
そこには黒ひげの旗のマークが刻まれている。
真実はそれを見て、うなずく。
「この洞窟の先に、何かあるのは間違いないようだね」

「やった、やったでござる‼」
美希は口もとに人さし指を立てる。
「シッ、サラ、首なし海賊たちがまだ近くにいるかも。静かに進もう」

真実たちは懐中電灯で照らしながら薄暗い洞窟の中を進んだ。
入り口は狭いが、中は広くなっていた。壁も床も人の手によって整えられているようだ。
真実たちは何かに気づき、立ち止まる。

「え、なんだろ……これ？」

健太が声をもらす。

洞窟内の道幅いっぱいに、一辺3メートルほどの大きな石板が左右に並んでいた。

美希は石を見ながら、サラにたずねる。

「それぞれの石に何か絵が彫られていて、その下に英語が刻まれてるね……。なんて書いてあるのかな？」

「えっと、右の石にはHorse、馬。Cucumber、きゅうり。Devil、悪魔と書かれているでござるな。

左の石にはRabbit、うさぎ。Tomato、トマト。

## そしてAngel、天使と書かれてあるでござるよ」

健太は首をかしげる。
「なんだろ、この絵??」
「ただの模様でござるよ。時間がもったいないので早く先に進むでござるよ」
そう言ってサラは歩き出す。
サラの足が左の石板を踏んだ途端、ガゴンッと大きな音が響く。
体重をかけると石板が沈み、サラがバランスをくずしてふらつく。
サラの頭上で、洞窟の天井のフタがガゴンッと突然開いた。
異変を察知した真実は叫ぶ。
「サラさん、寝転ぶんだ‼」

## ゴゴーンッ!

何十本もの、とがった鉄ぐいがサラめがけて落下してくる!

真実の声に、とっさに反応したサラは仰向けに寝転んだ!

太いくさりでつられた、鉄ぐいがついた板がガシーンと地面スレスレに落ちた……。

「サラ!!」
「サラちゃん!!」

美希と健太が声をあげた。

サラは青ざめた表情で、目の先、1センチのところで止まった鉄ぐいを見上げていた。真実の声かけのおかげで、サラは鉄ぐいと地面のわずかな隙間に入り込むことができ、奇跡的に助かったのだ。

「……真実殿、かたじけない。死ぬところだったでござる。でもなぜ寝転べば助かると思ってござるか？」

「このワナがこれまでに何度も作動しているなら、床に激突して壊れてしまうはずないと思ってね」

真実は答えた。

恐怖でかたまっていた美希と健太も、ホッと胸をなでおろす。

無数の鉄くいが仕込まれた板は、歯車でカラカラと引っ張られて天井へと戻っていく。

## 「ひ、ひゃあっ!!」

天井を見上げた健太が何かに気づいて悲鳴をあげ、尻もちをついた。

鉄くいの間に白骨化した死体が突きささっていたのだ……。

美希も恐怖で絶句し、天井へと戻っていく、ほこりとクモの巣まみれの白骨を見上げた。

天井のフタがふたたびガゴンッと閉じ、鉄くいは見えなくなった。

144

## 新刊

### 『怪ぬしさまシリーズ 幽霊屋敷予定地』
著 地図十行路　絵 ニナハチ

「夜遊び同盟」の四人が入り込んだ家は、「幽霊屋敷予定地」だった！
脱出するには、「事件」と「死体」を用意して、「惨劇」を
成立させなければならない。人ならぬ声が四人に告げる。
「第一問。ほかの三人の中から、あなたが一人選んで殺すとしたら」……。

## 刊行予定

『引きこもり姉ちゃんのアルゴリズム推理(仮)』 著 井上真偽
『Vチューバ探偵団(仮) 1、2』 著 木滝りま、舟崎泉美
『名探偵犬コースケ 2』 著 太田忠司
『プロジェクト・モリアーティ 2』 著 斜線堂有紀

## 発売中

推理やミステリーでハラハラしたい人に！

冒険でワクワクしたい人に！

### 『数は無限の名探偵』
著 はやみねかおる、青柳碧人、井上真偽、向井湘吾、加藤元浩
すべてのカギは「数」が握る！
珠玉のミステリー集。

### 『名探偵犬コースケ 1』

著 太田忠司　絵 NOEYEBROW
中学生の凱斗と飼い犬・コースケの
コンビが事件に挑む。

### 『悪魔の思考ゲーム 1、2、3』

著 大塩哲史　絵 朝日川日和
思考実験をテーマとした
新感覚エンターテイメント！

### 『鬼切の子 1、2』
著 三國月々子　絵 おく
人の肉体を奪い、闇の心を
食らう鬼に、少年が立ち向かう！

### 『プロジェクト・モリアーティ 1』

著 斜線堂有紀　絵 kaworu
「世界をちょっとだけ正しく」。
杜屋譲と和登尊、2人の
中学生のクールな冒険。

こわい話でゾクゾクしたい人に！

### 『オカルト研究会と呪われた家』
著 緑川聖司　絵 水輿ゆい
凄腕と評判のオカルト研究会が、怪事件を推理と霊能力で解決！？

### 『オカルト研究会と幽霊トンネル』
著 緑川聖司　絵 水輿ゆい
幽霊トンネル、首無しライダー、公園や池の怪異……。
次々舞い込む謎にオカルト研究会が挑む！

### 『怪ぬしさま 夜遊び同盟と怪異の町』

著 地図十行路　絵 ニナハチ
都市伝説にひとり、またひとり、からめとられて消えていく……。

「……こ、この洞窟、侵入者の命を狙うワナが仕掛けられているんだ……」

健太がポツリと言った。

1人冷静な真実は、懐中電灯で薄暗い通路の隅を照らす。

白骨がいくつも散乱していた……。

真実は通路の側面の壁に書かれた文字に気づく。

「みんな、ここに何か書かれているよ」

健太は足元の白骨にギョッとしながらも真実のもとに行く。

美希は倒れていたサラを立たせ、一緒に真実のもとへと歩み寄る。

真実が文字を読み上げる。

「海にいるほうを選べ。間違えれば、死だ」

「な、なんで間違えただけで死ななきゃなんないんだよ……」

健太はぼうぜんとした。

「何百年もの間、宝を求めた、いく人もの盗賊やハンターたちが、この問題のワナにかかっ

「て死んでいったんだろうね」

真実は静かにつぶやいた。

健太は、いつになくけわしい真実の横顔を見て、ゴクリとつばをのむ。

美希は石に刻まれた絵を眺めながら、考えをめぐらせて話す。

「……この絵は問題だったんだ……。スイッチになっていて、サラは間違ったほうを選んじゃったわけか」

健太も腕組みしながら考える。

「でもさ、海にいるほうを選べって言われても、ここに書いてあるもの全部海にいないし。もう何がなんだか、さっぱりだよ」

「**英語がわからないと難しい問題かもしれないね。さあ、とにかく先を急ごう**」

そう言って真実は右の石板のほうを踏んで、向こう側に渡った。

健太たちも真実のあとを追って右の石板を踏んで同じように渡る。

健太は歩きながら真実にたずねる。

「真実くん、英語がわからないとどうして難しいっていうこと?」

「馬、きゅうり、悪魔はそれぞれ英語でHorse、Cucumber、Devil。それぞれの頭に海を意味するSeaをつけるんだ」

「なるほどでござる! Sea horse、Sea cucumber、Sea devil。Seaがつくと、海にいるものに変わるでござるな!!」

「え、そうなの!?」

「うん、健太くん。それぞれ、タツノオトシゴ、ナマコ、タコやエイという意味になるんだ」

「へ～、そうだったのか!」

しばらく洞窟を進むと、健太が声をあげた。

「**あ、今度はつり橋がかかってるよ!**」

今にも朽ちて落ちそうなつり橋が2本かかっていた。

美希がつり橋の手前の地面を見て気づいた。

「また、それぞれのつり橋の前に絵が描かれているね。左のつり橋の前には黒猫。そして右のつり橋の手前には、バナナかな？」

洞窟の壁には問題が書かれていた。

「不幸をさけて進め。間違えたら地獄に落ちる……と書かれているね」

真実が読みあげる。

「黒猫と、バナナ、どちらが不幸を呼ぶかってこと？？　どっちだろ？？」

美希は首をかしげた。

健太がおそるおそるつり橋の下をのぞき込む。

下は深い谷になっていて、真っ暗で底が見えない……。

「間違えたら、こんなのひとたまりもないよ……」

健太は恐怖でブルブルッと震える。

そのときだった。

ズザザッと突然、背後で足音が聞こえた。

148

真実たちが振り向く。

そこには、するどい剣を手にしたボロボロの海賊服姿のガイコツが2人、立っていた。

「……こ、こいつら首なし海賊の手下でござる。隠れていたのでござるか‼」

手下たちが剣をつきつけてきて、ドスのきいた声で叫ぶ。

サラが手下たちの言葉を訳す。

「こいつら、この橋はとても危険だから、真実殿が問題を解いて、渡ってみせろと言っているでござる……」

「そんな……答えを教えたら、宝を先に奪われちゃうよ。でも教えなかったらもっと危険だし……」

健太はつぶやいて、不安そうに真実を見た。

「……どうする、真実くん??」

「こんなヤツらに教えることないよ」

「真実殿、教えてはダメでござる！」

美希とサラもそう言って真実を見た。

150

真実は、首なし海賊の手下たちを見て、ゆっくりとうなずく。

「わかったよ……ぼくが解いて渡ってみせるね」

「真実殿……」

サラは悔しそうにつぶやいて、うつむいた。

口もとに手をやって考えていた真実が、おもむろに口を開く。

「ヨーロッパでは古くから、黒猫は不幸を呼ぶと言われてきた。だから、当然こちらだね」

真実はそう言って、バナナのほうの橋へ向かった。

手下たちは英語で叫ぶ。

「やっぱり、そっちか！」

「おまえはここで用済みだ。先に宝を手にするのはオレたちだ！」

手下たちは、剣を振り回して真実を制すると、ドカドカとバナナが描かれたほうの橋を渡り始める。

手下たちがつり橋の中央にさしかかった、そのときだった。

ガチャンッと音がして、つり橋の片方が一気に外れた！

「**危ない、落ちるっ!!**」

健太が声をあげた。

足元のつり橋がくずれ、手下たちは落下する!

美希とサラも思わず目をつぶる。

落下を予測していた真実は、つり橋のロープをナイフで切って手にしていた。それを手下たち目がけてブンッと投げる!

ロープは、手下たち2人の腕に見事に巻きつき、つられて落下をまぬがれた。

真実がつかんだロープに手下たちの重さが一気にかかる。

「すまない! みんな手を貸してくれないか!」

健太たちもあわてて一緒にロープをにぎって引っ張った。そして、ロープの片方をつり橋の柱にくくりつけた。

サラもホッとした表情になる。

「さすが真実殿、あいつらをワナにはめたのでござるな……。敵といえども、目の前で人が死ぬのは見たくないでござる」

「正解は黒猫だったなんて、意外。でも、なんでバナナのほうが不幸を呼ぶの?」

美希は真実にたずねた。

「バナナは腐敗すると、木造船の壁や床まで腐らせてしまって沈没の原因になったり、毒グモがついたりするから、船乗りにさけられる存在だったんだ。一方、黒猫はネズミをつかまえてくれるので船乗りには好まれていたんだよ」

「あとで助けてあげるから、しばらくそのままでいてね」

健太は手下たちに声をかけて、先へと進んだ。

真実たちがさらに洞窟の奥に進むと、鉄の門があった。がんじょうな鉄の門をギギィーッと開けると、広大な空間が広がっていた。

「……な、なんだろ、この場所」

健太は思わず声をあげた。

洞窟内につくられた神殿のようだった。
わきには滝があった。洞窟内で湧き出た水が、太い滝となって勢いよく落ちている。
壁面には階段があった。
真実たちの視線がいっせいに神殿の奥へと釘づけになる。
そこには、巨大な玉座に座るガイコツの石像があった……。
高さは10メートルほどで、左手に巨大な天秤を持ち、右手で長い剣を杖のように床に突き

たてている。
真実たちは巨大な石像の前に立った。
「……それにしても、めちゃくちゃ不気味な像だね」
健太はぼうぜんとつぶやいた。
サラも石像をじっと見上げていた。

「なぜ、ガイコツが天秤を持っているのでござるか……不思議でござるな」

玉座の横に回りこんだ美希が何かを見つける。

「ねえ、ここになんか書いてあるよ！　サラ、読んでよ」

「えっと……。よく、ここまで来たな。ほめてやる。真の勇気を持つ者こそ、この宝の継承者……と書いてあるでござる」

「え、この大きな天秤を？？」

美希はガイコツが手にしている天秤を見上げた。

天秤の両端には、大小のガラス瓶がつり下げられている。

大きな瓶には石で作られた財宝が、小さな瓶にはたくさんの人間の頭がい骨がつまっていた。

天秤は大きな瓶のほうに傾いている。

「不思議なものを天秤にかけるね。宝と人の骨なんて」

「健太くん、おそらく黒ひげは宝を手に入れたければ、たくさんの命の犠牲が必要だとでも言いたいんじゃないかな」

真実が健太に語った。美希は首をかしげる。

「でも、こんな巨大で重たい天秤をどうやって動かすんだろ？　みんなで下から手で押し上げる??　でも、何百キロもありそうだよ」

真実は考えをめぐらせながら、神殿わきの大きな滝のもとへと歩き、それを見つめた。滝の下は池のようになっていて、池底には穴があり、水はそこから地下のどこかへ流れ出ているようだった。

天秤を持ったガイコツ像を見つめ続けていたサラは、ハッとする。

「この天秤……これって、もしや天秤を持ったガイコツ??」

サラは子守歌をポツポツと小さく口ずさみ始める。

♪ねんねや、ねんね、おやすみよ。寝ないと、くるぞ、ガイコツが。天秤持って、やってくる。口をつぐめや、つぐめ。流した涙があふれれば、地獄の入り口すぐそこに。ほら、連れてくぞ♪

サラの歌声に美希が気づく。
「あ、前に歌ってた子守歌だね。それがどうかしたの?」
サラは美希の声に気づかず、夢中でひとりごとをつぶやき続ける。
「これが天秤のガイコツなら……口をつぐめやつぐめってなんでござるか??」
サラはあたりを見回す。
つぶやきを聞いていた美希がサラの真意に気づく。
「もしかして……サラの家に先祖代々伝わる、あの子守歌がヒントになってるってこと!?」
サラは美希の大きな声に、ようやく美希のほうを見た。
「美希、そうなのでござる。でも、口をつぐむというのが謎でござる。なんだか石像の口ではない気がするでござる……。流した涙って、もしや水のことでござるか!?」
サラはあわてて滝に近づき、その下の池を眺めると、突然、ジャボジャボと池の中へ入っていった。
「サラッ!?」
美希が声をあげる。健太と真実も池のそばへと駆け寄った。

158

サラはこまったように頭をかきむしり、真実たちのほうを振り返った。

「……うむむ、絶対にこの池があやしいと思うでござるのだが」

真実はサラの言葉にコクリとうなずく。

「サラさんの直感はおそらく正しいだろうね。サラさん、子守歌の後半をもう一度歌ってくれないかな?」

「……口をつぐめや、つぐめ。流した涙があふれれば、地獄の入り口すぐそこに……」

サラの歌声に耳をかたむけていた真実は、池の中に目をこらす。たまった水が流れ出ていく穴に気づく。

「口をつぐめや、つぐめ……。そうか、この池の底の口をふさぐんだよ。科学で解けないナゾはない。サラさんのおかげでナゾが解けたよ。あの天秤を動かす方法がわかった」

はたして、どうやって巨大な天秤を動かすのだろうか?

真実はまず神殿の入り口の鉄の門を閉めた。
そして真実の指示で、みんなで池のまわりにころがっていた大きな石を、ドボン、ドボンと次々に池の中へ落としていく。
やがて池の中の穴が石でふさがった。
「これで、石で口をつぐんだでござるな‼」
次々に滝から流れ落ちてくる水で、池があふれていく。
「あの階段の上から見守ることにしよう」
真実が言い、一同は壁面にあったガイコツの石像の頭ぐらいの高さから下を見下ろす。
神殿の床に水がたまっていくのが見える。

「すごい！　水がどんどんたまって、

天秤のトリック

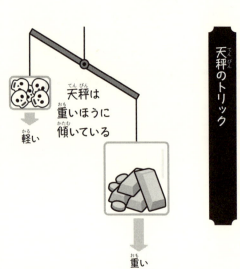

天秤は
重いほうに
傾いている

軽い

重い

## ガイコツの石像が水につかり始めたよ！」

健太は興奮して声をあげた。

ガイコツが持っている天秤も水につかる。

すると、天秤がグゴゴゴッと動き出す。

大きな瓶のほうが上がり、小さな瓶のほうが下がり始める。

「大きい瓶のほうが上がり始めた!! え、なんで？ 大きい瓶のほうが重くて、動きそうもなかったのに!?」

「美希さん、浮力の働きだよ。水の中にある物体は上向きの力、浮力を受けるんだ。浮力の大きさは物体が押しのけた液体の体積に等しい、というアルキメデスの原理さ。だから水の中では体積の大きいほうが、より大きな浮力を受けて、そのぶん軽くなるんだ」

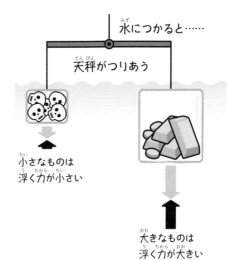

水につかると……
天秤がつりあう
小さなものは浮く力が小さい
大きなものは浮く力が大きい

「ご先祖様は正しかったでござる！　口をつぐめや、つぐめ。流した涙があふれれば、地獄の入り口すぐそこに。ほら連れてくぞ‼」

## ゴゴゴッ、ガチーン‼

「天秤がちょうどつりあった‼　一体どうなるんだろ……？　あ、あそこの石の壁にヒビが入ったよ‼」

健太は驚いて声をあげる。

巨大なガイコツの石像の背後の壁にヒビが入り、ガラガラとくずれ落ちた。土ぼこりが舞うなか、隠されていた奥の空間が現れる。

「あ、あれが……地獄の入り口でござるか⁉」

「やったじゃん、サラが思い出した子守歌のおかげで入り口を見つけられたよ‼」

喜ぶ美希に向かってサラはほほえんだが、ふと神妙な顔になってつぶやく。

「でも……なぜ地獄の入り口でござるか？」

美希も首をかしげてつぶやく。

「……それもそうだね。でもさ、とにかく、実際に行って何があるか見てみようよ!」

「お、そうでござるな!」

サラと美希はいそいで階段を駆け下りる。

水が、壊れた壁の向こうへと流れている。

壁の向こうへ進もうとしたサラはふと地面に落ちているボロボロの布きれに気づいた。

「……ん、なんだろ? これ」

「何してんのサラ、早く早く!」

美希に呼ばれたサラは布きれをポケットにつっこんで、あわてて美希の後に続いた。少しおくれて真実と健太もやってきた。

奥の空間は洞窟内につくられた大きな港になっていた。

滝から流れ落ちる水が、たえず神殿から港へと流れ込んでいく。

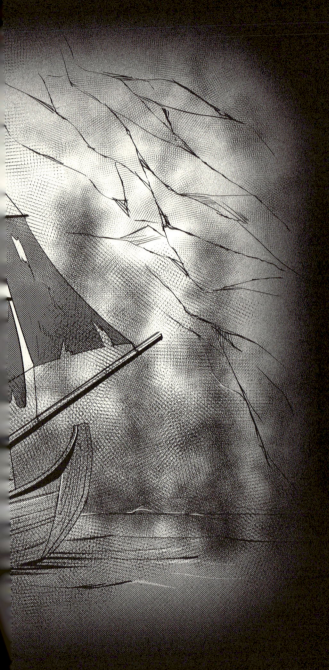

港には、30メートルほどの大きな船がとまっていた。
その帆には、大きく黒ひげのマークが入っている。
「これは、アン女王の復讐号!? 沈没したのとは別に、もう一隻あったのでござるか……」

　サラは夢中で駆け出して、渡し場から船に乗りこむ。
　甲板には……金貨がつまった宝箱や、きらめく宝石類、金や銀でできた食器など、目がくらむようなさまざまな財宝があふれていた。
　サラはあまりにも莫大な財宝を目の当たりにして、ぼうぜんとしている。

「……やった！ ついに、本当に黒ひげの宝にたどり着いたでござる‼」

美希も甲板に駆け込んできて、サラと手を取りあい喜びをわかちあう。

「やったね、サラ！ アン・ボニーも見つけられなかった宝をついに見つけたんだよ‼」

健太と真実も船にやってきた。

金貨が宝箱からあふれ、むぞうさに床に落ちている。健太はあわてて駆け寄って、金貨を両手いっぱいにすくいあげ、黄金色の輝きを見つめた。

「すごいや、これ本物の金貨だよね⁉ これだけあればスマホもゲーム機も買えるでしょ。真実くんも欲しがってた、海外ミステリー全集も買えちゃうんじゃない⁉」

「全集どころか、本屋まるごと、いや、ここにある宝がぜんぶあれば、

出版社ごと買えちゃうんじゃない!?」

そう言って、美希も興奮をおさえきれず、宝石を手に取り、その輝きに見とれる。

宝を見渡していたサラは急に頭をポリポリとかいて考え込む。

「……でも、なぜでござるか?? ご先祖様のアン・ボニーは、ガイコツの天秤の謎の解き方がわかったから、あの子守歌にヒントを込めた。それなのになぜ、この宝に手をつけてないのでござるか!?」

サラの言葉に健太もうなずく。

「……ほんとだね。謎を解くと、壁がくずれて港が現れる仕掛けになっていたよね……ということはアン・ボニーさんは宝の目前まで来て引き返してることだよね?」

「おまえら、そのうす汚い手をどけるんだっ!」

ドスのきいた声にハッとし、一同が視線を向ける。

そこには、なんと銃をかまえた首なし海賊の姿があった。

渡し場に立つ首なし海賊が、銃口をこちらに向けてにじり寄ってくる。

## 「わっ、黒ひげの亡霊だっ!!」

健太が驚いて叫んだ。

美希はあとずさりしながら言う。

「健太くん、あれは特殊な素材のマスクを使ったトリックだったじゃん。手下たちはつり橋で宙づりにしたけど、首なし海賊、アンタは隠れていたわけね」

首なしの海賊が語る。

「洞窟には先に着いてたのさ、手下やおまえたちが危険な謎を解いて宝へたどり着いてくれるのをずっと待ってたのさ。合理的でかしこいやり方だろ?」

「この声、なんか聞き覚えがあるでござる」

首なしの海賊が左手をかかげて、頭部のあたりに手をかけ……袋状の特殊な素材のマスクを脱ぐと、顔が現れた。

# 「え、ヴァイオレットさん!?」

健太が声をあげた。

ヴァイオレットがするどい目でにらみつけてくる。

サラも、ヴァイオレットの殺気立った表情にギョッとする。

真実はヴァイオレットを見すえた。

「やっぱり、そうでしたか……。誰も黒ひげの宝に近づかないようにするため、幽霊船や赤い雨をしくんだのもあなたですね」

ヴァイオレットはニヤリと笑った。

「フフッ、ホント、かしこいガキだね」

「……じゃあ、ヴァイオレットさんが黒ひげの呪いだとか言ってたのは、ウソだったの?」

健太は驚いて思わずつぶやいた。

真実はヴァイオレットを見すえたまま続ける。

「宝をひとり占めするために、あなたは呪いの被害者を装っていた。そうですね？」

「そのとおりさ。日本から届けてくれた宝の地図も本物だとわかっていたよ。だけど、おまえたちに謎を解かせたかったから泳がせたのさ。おかげでこうして、長年かけてもたどり着けなかった宝のありかがわかったよ」

「そんな、ヴァイオレットさんが……」

健太は絶句する。

美希とサラも、あまりの驚きに言葉をなくしている。

ヴァイオレットは満足げにほほえむ。

「だから、誰も信用するなと言っただろ？ おまえたちの役目はもう終わりだよ。早く船から下りるんだ！」

「これは、ご先祖様のアン・ボニーが見つけた宝でござるよ!!」

「宝はもともと、黒ひげのもんなんだよ！ だからアタシが全部手に入れるのさ。なぜなら、アタシが黒ひげの子孫だからさ！」

「え、ヴァイオレットさんが!?」

健太が声をあげた。

「……ヴァイオレットさんが黒ひげの子孫……」

あまりの驚きに、サラはぼうぜんとする。

ヴァイオレットから銃を向けられ、サラや真実たちはやむなく船から下りた。

「アタシの仲間に連絡して、この宝は全部回収する。邪魔だからおまえたちはとっとと洞窟の外へ出ていきな」

サラは悔しくてギュッとこぶしをにぎりしめる。

そのとき、大きな音がした。

ゴゴゴー‼

港にあふれた水の勢いで、とまっていた船がガゴゴンッと突然動き出したのだ。

甲板が大きく揺れ、ヴァイオレットは手にしていた銃を落とす。

銃はガチャリと床に落ち、甲板の上をすべっていく。

サラは隙を見逃さなかった。

瞬時にタタタッと駆け、きしんで折れそうになっていた渡し場から船に乗りこんだ！

その瞬間、渡し場が折れて水の中へ落下した。

「サラ‼」

美希が思わず声をあげる。

甲板に駆け込んだサラは、そのまますぐに銃をひろいあげる。

サラは銃を手に、ヴァイオレットと間合いをとる。

「クソ、アタシの銃を‼」

「こんなもの、いらない！」

サラは手にした銃を船の外へと投げ捨てる。ジャポンと水に沈む音がした。

「……フフッ、面白い。おまえの母親も、アタシが宝を狙っているのを知って地図を捨てやがったが、もう邪魔はさせない。ハイエナのようにうす汚いアン・ボニーの子孫に宝は渡さないよ。これは黒ひげ一族のもんだ」

ヴァイオレットはそう言って、甲板に落ちていた剣を手にとって、サラにほえる。

「勇気があるなら、おまえも剣をとれ！」

「ご先祖様はハイエナなんかじゃない！　宝はアン・ボニー一族のものだ!!」

サラも近くに落ちていた剣をひろう。

剣のかまえだけでヴァイオレットのすごみが伝わってくる。

「ワタシだって、時代劇をたくさん見てきたんだ！」

サラは震える手で、侍のように剣をにぎりなおしてかまえる。

神殿からどんどん水が港へと流れこむ。その勢いで、2人を乗せた船は徐々に港を出ていく。

港に残された真実、健太、美希は船を見つめる。

「大変だ、船が動き出しちゃったよ！一体どこに行くんだろ!?」

真実はけわしい表情で健太に答える。

「きっと、これも黒ひげが仕掛けたワナの一部さ。あの船は非常に危険だ……」

美希は驚いて真実を見る。

「え、危険って、どういうこと!?」

「黒ひげは宝を誰にも見つからないように隠していた。そして宝にたどり着けないように危険なワナも仕掛けていた。だから、もともと宝を誰かに渡す気なんかなかったはずなんだ。もしも宝が見つかったときは、船もろと

も地獄へ連れていくつもりなんだと思う」

「そ、そんな……」

健太は絶句する。

美希はハッとして港を離れる船を見る。

甲板で、堂々たる剣のかまえで威圧するヴァイオレットと、腰が引けながらも必死に両手で剣をにぎるサラの姿が見えた。

2人はまばたきもせずに、にらみ合っている。

ヴァイオレットがするどい剣先を向け、ジリジリとサラに近づく。

「サラッ!」

叫ぶやいなや美希は、突然駆け出した。

「え!?」

美希はグングン速度をあげて港を走りぬけ……、
健太と真実は声をもらし、走り出した美希の背中を見る。

**ダダダッダン!!**

「美希ちゃん、危ないっ!!」
健太が叫んだ。
美希は船にとどかず、あやうく水に落ちそうになるが、船尾にかかっていた縄ばしごをガシッとつかんだ。
健太はホッと胸をなでおろす。

港から3メートルほど離れた船に向かってジャンプした!

180

美希は、縄ばしごをよじのぼって甲板へと向かう。
「健太くん、ぼくらも洞窟を出て、早くあの船を追いかけよう！」
真実と、健太は駆け出した。

# 3

SCIENCE TRICK DATA FILE

## 科学トリック データファイル

## 「浮く」と「沈む」の違い

お風呂やプールの水の中では体が軽く感じるよね

水に潜ったとき、鼓膜が押されるような圧力を感じたことはありませんか？ それは水の重さが水中の物にかかる「水圧」です。水圧は浅い場所より深い場所のほうが大きくなります。

四角い箱が水中にあるとき、上の面には小さな水圧がかかり、

### 深いほど水圧は大きい

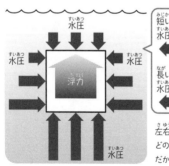

短い矢印は水圧が小さい

長い矢印は水圧が大きい

左右の面にかかる水圧はどの深さでも同じ大きさだから、打ち消しあう

下の面には大きな水圧がかかります（右下の図）。そのため、より大きな力である「下の面を押す上向きの力」が箱にかかります。

これが「浮力」です。

水中の物には、地球に引っ張られる「重力」も浮力と反対の向きに働いています。浮力が重力より大きいとき物は浮いて、浮力が重力より小さいと物は沈みます。

大きい物ほど
水中では
浮く力が
大きくなるんだ

## 大きい物ほど浮力も大きい

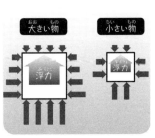

大きい物ほど水中で押しのける水の量が多くなる。つまり受ける水圧も浮力も大きくなり、軽くなる

# 黒ひげの財宝！

幽霊船の海賊 4

「真実くん、どうしよう!?」

健太は、サラとヴァイオレット、そして美希を乗せたもうひとつの〝アン女王の復讐号〟が海へと流れていくのを見ながらそう言った。

「美希さんたちを助けないと」

真実も焦る。2人は洞窟を出ると砂浜にやってきた。サラたちの乗った海賊船を追いかけようと思ったのだ。

だが、健太はハッとした。

「そういえば、乗ってきた船は壊れちゃったんだよね」

「そうだね。代わりにヴァイオレットさんたちが乗ってきた船があると思ったけど」

真実たちは砂浜を見渡すが、どこにも船はない。

「違う場所にとめてあるみたいだね」

「そんな! 探してる時間なんてもうないよ!」

そのとき、モーター音が響いた。

1隻のボートが真実たちの前に近づいてくる。操縦しているのは、ハマッセンだ。

「真実殿! 健太殿! よかった、無事でござるな!」

「ハマッセンさん、どうしてここに??」
「サラから電話をもらったあと、心配でいてもたってもいられなくなったんでござる ハートの島はバミューダトライアングルの中にある。ハマッセンは助けに行ったほうがいいと思い、ボートを飛ばしてきたのだ。

「それでサラは? 美希殿もいないようでござるが」
「それが大変なんだ。2人は——」
健太が説明しようとするよりも早く、真実が口を開いた。

「健太くん、早くボートに乗り込むんだ。ハマッセンさん、あの海賊船を追ってください!」
「あれはアン女王の復讐号じゃ? すでに発見された沈没

「船はもう1隻あったんです。あの船に、サラさんと美希さんがいます！」

船がどうしてここに？？」

「えぇぇ？？」

真実と健太は、ボートに乗り込む。
ハマッセンはとまどいながらも、急いでボートを走らせるのだった。

一方、少し離れた海上では、サラたちを乗せた海賊船が波に揺られながら進んでいた。
建造されて数百年が経っている木製の船体は、木は腐り穴が開き今にもくずれそうだ。
山積みの財宝が置かれている甲板もあちこち壊れていて、財宝以外にもいろいろなものが落ちている。帆も破れていてほとんど風を受けていない。
甲板では、サラとヴァイオレットが互いに剣を持ち向き合っていた。

「まったく、本当にしつこいね」

ヴァイオレットはサラを見てあきれる。

そんなヴァイオレットに、サラは声をあげた。

「さっきから何度も言ってるでしょ。『真の勇気を持つ者こそ、この宝の継承者』ってガイコツの天秤に書いてあったじゃない！ アンタは卑怯なことばかり！」

サラはヴァイオレットにそのことをずっと言い続けていたのだ。

「黒ひげの財宝はワタシの先祖であるアン・ボニーが見つけた。そして、ワタシも見つけることができた」

「それが何？ 卑怯だろうがなんだろうが、これは黒ひげの子孫であるアタシが手に入れるべきものに決まってるでしょ！」

サラとヴァイオレットは船が流されているのも気にせず、自分の主張を曲げない。

美希はそんな2人をハラハラしながら見守っていた。

「サラ、危険だからその人から離れて！」

船が揺れるたびに、美希はバランスをくずしそうになる。

「船もこんなに揺れてるし、転んだらケガしちゃうよ」

だが、それを聞いたサラは美希を見てニッコリと笑った。

「大丈夫でござる。ワタシは小さなころからずっと海賊に憧れていたでござるよ。こんな波ぐらいへっちゃらでござる」

そのとき、大きな波が横から押し寄せ、船が激しく揺れる。

「わっ！」

美希は必死にそばのマストにしがみつくが、サラはうまくバランスをとって、まったくその場から動かなかった。

「すごい」

そんなサラに美希は思わず見とれる。しかしすぐに、同じようにまったくバランスをくずしていない人物がいることに気づいた。ヴァイオレットだ。

「アタシはトレジャーハンティングの会社の社長よ。これぐらいの波は、ゆりかごを揺らしてもらっている赤ちゃんぐらい心地いいものだね」

190

ヴァイオレットは自信満々の表情で言う。すると、サラが「へえ」と言った。

「赤ちゃんだったら、今すぐおうちに帰って寝たほうがいいんじゃないの?」

「なんだって!?」

ヴァイオレットの眉間にしわが寄り、怒りの表情になった。

「こうなったら、おまえには少しお仕置きが必要なようだね」

「へえ、どうするつもり? ワタシ、アンタに負けるつもりなんかないけど」

サラは持っていた剣をかまえなおす。

「サラ、何をする気なの!?」

驚く美希に、サラは「決まってるでござる」と答えた。

「こうなったら、どっちが強いか勝負でござる!」

サラは子どものころから剣の練習をしてきたことを思い返した。すると手の震えも止まり、落ち着いた様子になった。

「さあ、正々堂々勝負よ！」

サラはそう言ってヴァイオレットを見つめる。

そんなサラを見て、ヴァイオレットは笑みを浮かべた。

「アタシの剣の腕が子どもの遊びと一緒だと思われるとは、なめられたもんだね。いいさ、勝負してやろう。もちろん正々堂々とね」

ヴァイオレットは剣をかまえなおすと、ふとサラの背後に目をやった。
「だけど、まずはうしろにいるアタシの部下たちと勝負しな」
「えっ、部下たち?」
サラは思わずうしろを見る。
だが、そこには美希しかいない。
「引っかかったね! 部下なんて乗ってるわけないだろう!」

その瞬間、ヴァイオレットが剣を振り上げ、サラに襲いかかった。

「サラ!」

「わっ!」

サラはとっさにヴァイオレットの攻撃を剣で防ぐ。

「卑怯者!」

「ふん、勝てばいいんだよ!」

「アンタなんかに絶対負けないんだから!」

サラはヴァイオレットに体当たりをすると、距離をとった。

「サラ! ヴァイオレットさんもやめて!」

美希の声が響くなか、サラとヴァイオレットは同時に駆け出す。

## キンッ、キンッ

剣と剣がはげしくぶつかりあう。ヴァイオレットが攻めるとサラが守り、サラが攻撃する

とヴァイオレットはひらりとよけた。
「なかなかだね。だけどまだまだ甘い」
ヴァイオレットは一歩下がって距離をとり、ニヤリと笑う。
「アタシの本気を見せてやろう！」
目をカッと見開き、剣を突き出しながら、一気にサラにつめ寄った。ヴァイオレットはすばやい身のこなしで剣を動かす。サラは必死にそれを防ぐが、攻撃は止まらない。
「どうした？　もう限界？」
「まだまだ！」
「あら、そう。それじゃあこれはどう？」
ヴァイオレットはさらにすばやく剣を動かす。その動きにサラはついていけず、ヴァイオレットの剣がサラの剣を強くはじいた。

「あっ」

サラは思わず剣を落としてしまう。

「**サラ!**」

美希はあわててサラのもとへ駆け寄る。
「子どもが大人に勝てるとでも思ってる?」
ヴァイオレットはフンと鼻を鳴らし、近くに落ちていたロープを手にとると、サラたちを縛ろうとする。
「まったく、海賊帽までかぶって。おまえなんかが海賊になれるわけないだろ」
「それは……」
サラはそれ以上何も言えず、ただ悔しそうな顔をした。
その瞬間、強い風が吹いた。

バサッと音がして、ヴァイオレットの顔に何かが張りつく。

それは、財宝の上に広げられていた黒ひげの海賊旗だ。

「ちょっとなんなの??」

ヴァイオレットは張りついた海賊旗をはがそうとする。

それを見て、美希は目を大きく見開いた。

「そうだ!」

美希はとっさに、そばにあった破れて垂れている帆をつかんだ。

そのままその帆を思いっきり引っ張る。帆は大きく破け、美希はそれをヴァイオレットに覆いかぶせた。

「きゃ!」

ヴァイオレットは帆に体を覆われ、パニックになってしまう。

「サラ、今のうちにヴァイオレットさんにロープを!」

「わかったでござる!」

ロープで縛れば動けなくなるはずだ。美希はヴァイオレットが拾おうとしていたロープをつかむと、サラとともに彼女を縛ろうとした。

と突然、船の進むスピードがあがった。

「なんなの？？」

美希はバランスをくずす。サラとヴァイオレットも大きくふらつく。

「この船は数百年も前のものだから、エンジンなんてないでござる。帆もボロボロで、今は強い風も吹いてないでござるよ」

それなのに、船はどんどんスピードをあげていく。

「これは一体どういうこと？？」

帆と海賊旗を体から取ったヴァイオレットも、驚きながら船を見る。

船はまるで何かに導かれるかのように、スピードをあげ、まっすぐ進んでいった。

「真実くん、見つけたよ！」

少し離れた海上。健太はハマッセンの操縦するボートに乗りながら、前方を見ていた。

木造の壊れかけた船が見える。もうひとつの"アン女王の復讐号"だ。

「どうしてあんな動きを?」

驚いたのは、ハマッセンだ。まるで数百年前の黒ひげの海賊たちが乗っているかのように海上をぐんぐん進んでいたのだ。

「サラちゃんかヴァイオレットさんが船を操縦してるのかな?」

健太はまっすぐ進む海賊船を見てそう言う。

そんななか、真実はハート形の島と海賊船の位置を交互に見た。

船は、島を背にして、まっすぐ進んでいる。

**「あれは誰かが操縦しているんじゃない。勝手に進んでいるんだ」**

「どういうこと??」

驚く健太に、真実は海賊船が進む海上を指さした。

「あのあたりは、おそらく『離岸流』になっているんだ」

「何それ？」

**「離岸流というのは、岸から沖へと流れる海の流れのことだよ」**

それを聞き、ハマッセンがハッとした。

「そうか、だから勝手に船が前に進んでいるでござるな！」

通常、波は岸に向かって流れている。その流れが岸に打ち寄せられるとき、岸に沿った横の流れになる場合がある。その横の流れがぶつかり合うことによって、岸から沖へと流れる離岸流となるのだ。

「離岸流は波が海岸に対して直角に入る場所で多く発生するんだ」

真実はハート形の島のほうを見た。海賊

### 離岸流のしくみ

岸と平行に進むと抜け出すことができる

1 波が海岸に打ち寄せる

2 集まった海水が岸に沿って進む

3 海水が沖に戻る

離岸流

幅10〜30mほど

砂浜

船が洞窟から海へと出た場所こそ、まさにその条件に合っていた。そのため、船はまっすぐ進み出してしまったのだ。

「離岸流は1秒間に2メートルも進んでしまうんだ」

「ええ？ だったら早く美希ちゃんたちを助けないと」

「ああ。離岸流は数百メートルも続くことがある。あの船はすでにボロボロだからいつ沈没してもおかしくない」

それを聞いて健太は息をのんだ。

すると、ハマッセンが声をあげた。

「**海賊船の前を見るでござる！**」

健太は、海賊船が進む先を見る。

「あああ！」

船の進む先に、大きな岩があった。

# 「これは黒ひげのワナだ」

真実はけわしい表情で言った。
「黒ひげのワナ？」
健太はそう言いながら、「あっ」と声をもらした。
「さっき、真実くんが言ってたよね。黒ひげはもともと宝を誰かに渡す気なんかなくて、もしも宝が見つかったときは、船もろとも地獄へ連れていくつもりだって。それって、船が海に流れることだけじゃなかったんだ」
このままでは、海賊船は離岸流に乗って岩に激突し、あっという間にバラバラになって海に沈んでしまうだろう。そうなれば、乗っている美希たちの命も危ない。
「ハマッセンさん、離岸流に注意しながらボートを近づけてください！」
「わかったでござる！」
「真実くん、近づいて大丈夫なの？」

「離岸流の幅は10メートルから広くても30メートルぐらいなんだ。注意して近づけば大丈夫。それにボートのエンジンの馬力なら万が一、離岸流にのみ込まれても脱出できるはずだよ」

ハマッセンは、海賊船に向かってボートを走らせた。

「2人とも行くでござる！」

一方、サラたちは甲板でパニックになっていた。
岩にぶつかりそうになっていることに気づいたのだ。

「このままじゃ沈没しちゃうでござる！」

サラはあわてて甲板のうしろへ走る。

「サラ、どこに行くの？」
「岩をよけるでござる！」

甲板のうしろには、木製の舵輪があった。

「そっか、あれを動かせば舵を取れるんだね!」

舵を取れば、船が針路を変えることができ、岩にぶつからずにすむ。

サラは舵輪の前までやってくると、それを回そうとする。だが、大きな音が響いた。

**ボキッ!**

木製の台の一部が壊れ、舵輪が外れてしまったのだ。

**「取れちゃったでござる!」**

とまどうサラのそばに美希もやってくる。

「木が腐ってたのよ」

「美希、どうすればいいでござるか??」

「それはええっと……」

美希は困惑しながらも、ふと船の後方を見た。

そこには、1隻のボートが走っている。目を凝らすと真実たちが乗っていた。

「助けて~!」
「父上もいるでござるのね!」
「助けに来てくれたのね!」
「助けて～!」
美希とサラは真実たちに向かって手を大きく振った。
「美希ちゃん! サラちゃん! 今すぐ離岸流から助けるからね!」
健太が大声で叫ぶ。
それを聞き、サラが驚く。
「離岸流に流されていたでござるか。だから船が勝手に動いていたでござるね!」
サラは美希のほうを見た。
「早くボートに飛び移るでござる!」
「うん!」
2人は甲板のへりへ向かおうとした。しかし、ヴァイオレットが声をあげた。
「アタシは絶対に下りない! 目の前に宝があるんだよ!」

そう言うと、ヴァイオレットは財宝のほうへと走る。

「ちょっと！　お宝のことなんて考えてる場合じゃないでしょ！　サラ、ヴァイオレットさんを止めよう！」

「わかったでござる！」

瞬間、海賊船がまた大きく揺れた。

船はさらに岩に近づく。

## 「このままじゃ船がぶつかっちゃう！」

美希とサラはあわててヴァイオレットのもとへ向かった。

「早く海賊船を止めないと！」

ボートでは、健太が声をあげていた。

ハマッセンがそれに答える。

「どうやら舵が取れないようでござるな。せめて針路を変えられれば、岩には衝突しないで

「それなら、ボートで海賊船を押せばいいかも」

「健太殿、動いている船を押すのは不可能でござる。そもそも、このボートで押したところで、全長30メートルはありそうなあの船はなかなか動かせないでござるよ」

「もっと強い力が必要ってこと??」

すむでござるが」

「強い力……」

健太の言葉に、真実はポツリとつぶやいた。

## なんとかして針路を変えないと！

健太は必死に海を見る。そのとき、健太は前方の海面を見て、思わず首をかしげた。

「あれは何なの??」

海賊船から少し離れた場所にある海面の一か所が、白く泡立っていたのだ。

「どうしてあそこだけ泡が浮かんでくるの？ あれも黒ひげのワナ？」

「だけど、なんの意味があるでござる？　岩からも離岸流からも離れているでござるよ」

「そうだよね」

「あんな泡、初めて見たでござる」

「黒ひげのワナじゃないとしたら……、もしかして、バミューダトライアングルの呪いなんじゃ？？」

ハート形の島は、船を沈める呪われた海域といわれるバミューダトライアングルの中にある。健太はそれを思い出して震えあがった。

一方、真実はその白くなった海面をじっと見つめていた。

「あれは……」

次の瞬間、真実は大きくうなずいた。

「**美希さんたちを助けられるかもしれない！**」

「ええ？　真実くん、どうやって？？」

「健太くんが見つけた海面にあがってくるあの泡を利用するんだ。あの海底には、おそらく『メタンハイドレート』が埋まっている」

「メタンハイドレート??」

とまどう健太に、真実は説明をした。

「メタンハイドレートは、天然ガスのおもな成分であるメタンが水と結合し、結晶化したもので、海底の深い場所や極地の永久凍土の層の中にあるんだ」

**永久凍土**
地面の温度が0℃以下の状態が2年以上続く場所のこと。地球の北半球の陸域のうち、25％ほどを占める。地球温暖化によって溶けてしまうと、その中の温室効果ガスのメタンが放出されると懸念されている。

「そんなものがあるんだ」

「一説には、バミューダトライアングルで船が沈むのは、海底地震などによって海底のメタンハイドレートが掘り出され、メタンが気化して大量の気泡となって海面に浮かぶせいだと言われているんだ。気泡が大量に海面にあがったことにより水の密度が下がって、浮力を失ってしまうんだよ」

「浮力を?」

「なるほど、浮力がないと船は浮かぶことができないでござる。それで沈んでしまうということでござるな」

ハマッセンがそう言うと、真実は「ええ」とうなずいた。

「おそらく最近、地震が起きて、海底のメタンが気泡になって海面にあがってきたんだ。それがあの真っ白な泡だよ。あの上を船が通ると沈んでしまう可能性がある。だけど、逆にあのメタンをうまく利用すれば、あの船の針路を変えることができるはずだ」

真実は眼鏡をクイッとあげると、健太たちを見た。

212

「科学で解けないナゾはない。健太くん、美希さんたちを助けよう!」

真実は、メタンを利用して、どのように海賊船の針路を変えようとしているのだろうか?

「真実くん、メタンを使ってどうやって針路を変えるの?」

「健太くん、以前、※『花森グリーンワールド』にあった『カナリア・ルーム』という地下室のことは覚えているかい?」

「うん。『エデン・プロジェクト』をしていた清井社長が、ぼくたちを閉じ込めた部屋だよね?」

「そう。あのとき、ぼくたちはあるものを使って脱出したよね」

「あるもの? あっ、メタンガスを爆発させたよね!」

「そのとおり」

真実はそう答えると、泡の浮かんでいる海面を見た。

「あのあたりには大量のメタンがある。それは海面だけじゃない。海面の上にも大量のメタンがガスになって漂っているんだ」

「海面の上にも? あっ! それじゃあ、あのあたりに火を近づけると爆発するってこと?」

健太の言葉に真実はうなずくと、サラたちを乗せた海賊船のほうに目をやった。

※『科学探偵 vs. 超・自然現象(後編)』参照。　216

幽霊船の海賊 4 - 大海原の決戦！ 黒ひげの財宝！

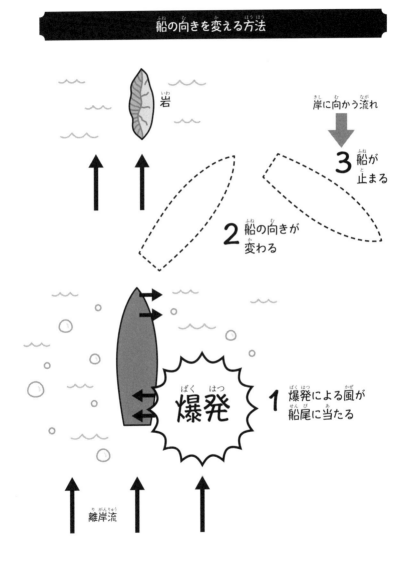

「うまく爆発を起こせれば爆風が発生し、強い風が吹く。それを海賊船の船体に当てて針路を変え、離岸流から脱出させるんだ」

岩は、離岸流の先にある。船が離岸流から脱出できれば、ぶつからずにすむのだ。

「ハマッセンさん、何か火をつける道具はありますか?」

「点火用のライターならあるでござるよ。アルコールランプをつけるときに使うでござる」

「アルコールランプ!」

「そこの道具箱に入っているでござる」

ボートの隅に発泡スチロール製の箱があり、その中にアルコールランプやライター、それに釘や木材、鉄パイプや細いアルミパイプ、ペンチや金づちなどが入っていた。

「アルミパイプもある。これならあれを作れる」

「真実くん、何を作るの?」

「『ポンポン船』だよ」

「ええ??」
「メタンガスが漂う場所に火を近づけると、すぐに爆発してしまうんだ。それだと、ぼくたちも爆発に巻き込まれてしまう。離れる時間を稼がないといけないんだ」
真実は、美希たちのほうを見て叫んだ。

## みんな、船にしがみついて!

「しがみつく??」
美希とサラは何が起きるかわからないまま、あわててマストにしがみつく。ヴァイオレットもマストを抱きしめた。
「ハマッセンさん、ボートをあのメタンの浮かぶ場所に少し近づけてください」
「了解でござる!」
ハマッセンはボートのスピードをあげ、泡立った海面に少し近づけてから少し離れたところに、とまった。
サラたちを乗せた海賊船が、その泡立つ海面のそばを通り過ぎていく。

真実はそれをじっと見つめる。

「海賊船はボロボロで、船体の横に爆風を受けると壊れてしまう可能性がある」

真実は海賊船のうしろ、船尾を見た。

「だから、うまく船尾にだけ爆風を当てれば」

船尾だけが横から風を受ければ、船体を破壊することなく、船の針路の角度を変えられる。そうすれば離岸流から脱出し、岩にぶつからずにすむというわけだ。

真実は、発泡スチロール製の箱の中に入っていたものを全部取りだすと、細いアルミパイプを鉄パイプに巻きつけ始めた。

「まず、アルミパイプをコイル状にするんだ。コイルを箱の内側にセットして、アルミパイプの先を箱の外に突き出す」

真実はアルコールランプに火をつけ、アルミパイプのコイルの下に置いた。

「コイルの中を水で満たすと、一部がランプの火によって水蒸気になって、水がパイプから噴き出す。その勢いでポンポン船が動くんだ」

## ポンポン船のしくみ

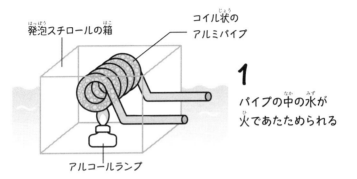

**1**
パイプの中の水が
火であたためられる

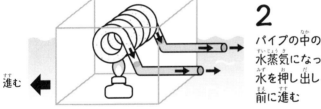

**2**
パイプの中の水が
水蒸気になってふくらみ、
水を押し出し、その勢いで
前に進む

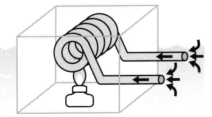

**3**
パイプの中にまた水が入り、
あたためられる
①→②→③がくり返され、
船が前に進む

真実はポンポン船を海の上に置いた。

すると、ポンポン船がゆっくりと前に進み始めた。

「ハマッセンさん、できるだけ遠くに離れて!」

「わかったでござる!」

ハマッセンはあわててボートを動かす。

「ポンポン船がメタンの漂う場所へと近づくと、アルコールランプの火によってメタンガスが爆発を起こすんだ。それは海賊船の船尾がそばを通るときだ」

真実たちはボートの上から、泡立つ水面とサラたちを乗せた海賊船を同時に見た。

海賊船は、船尾がちょうど泡立つ水面のそばを通り過ぎようとした。

その瞬間——、

大きな音とともに激しく炎が舞い上がり、爆風が起きる。

ドォオオン！

「きゃああ！」

海賊船に乗っている美希たちは、悲鳴をあげる。船体が大きく揺れた。

「沈没するでござる！」

サラが声をあげる。だが、美希はすぐにサラに向かって叫んだ。

「前を見て!」

サラはマストにしがみつきながら、前を見る。

**「あっ!」**

今まで前方に見えていた岩が見えない。サラが顔を動かすと、岩は横に見えていた。

爆風が船尾に当たり、船の針路が変わったのだ。

海賊船はその勢いで離岸流からも脱出できた。

「やった〜!」

「助かったでござる!」

美希とサラは手を取り合って喜ぶ。

「よ、よかった〜」

ヴァイオレットもマストにしがみつきながら、ホッと息をはく。

離岸流から出た海賊船は、徐々にスピードが落ち、ゆっくりととまった。

「これでボートに飛び移れる」

サラと美希はそう思った。だが——、

船がまた大きく揺れた。

ガタン！

「きゃあ！」

美希たちはふらつき、よろめく。

ガタン！　ガタガタッ　ガタンッ！

船のあちこちから何かが壊れる音がする。

「これって！」

声をあげたのは、ボートで海賊船の真横にたどり着いた健太だ。

「船が沈没しちゃう！」

海賊船が海に沈み始めたのだ。
「爆風でうまく針路を変えられたけど、船はすでに限界だったみたいだ」
真実は海賊船を見上げると、甲板の上にいる美希たちに声をかけた。

## 「今すぐ船から飛び降りるんだ!」

このままでは海賊船もろとも美希たちは海へ沈んでしまう。
「くぅぅ、こんな怖い経験は初めてだよ! 沈むなんて絶対に嫌だっ!」
ヴァイオレットは甲板のへりへと走ると、海に飛び込む。
健太たちはそんな彼女をボートに引き揚げた。
「サラ、わたしたちも行こう!」
美希はそう言って甲板のへりへと向かう。
しかし、サラがいない。
サラは少し離れた場所に積まれていた財宝の山へ行こうとしていた。

「サラ、何してるの!?」

「財宝を運ばないと！このままじゃ海に沈んじゃうでござる！」

「それじゃさっきのヴァイオレットさんと同じじゃない！」
「違うでござる！ワタシは冒険を乗り越えた証しがほしいんでござる！」
サラは財宝の山に駆け寄ろうとした。
その手を誰かがつかんだ。美希だ。

「サラ！あなたが必死にがんばったことは、わたしがちゃんと見てた。それが証し！どれだけ財宝を手に入れようが、命を失ったら、どんな冒険をしても意味がないんだから！」

「そ、それは……」
サラはそれを聞き、かつて母親が言っていた言葉を思い出した。

——宝は争いのもとになるの。海賊たちの多くは宝を手に入れようとして大冒険をしたわ。だけどそのせいで命を落とした。お母さんはね、あなたにはそんなふうになってほしくないの。だって、あなたのことを大切に思っているから——。

「ママ……」

次の瞬間、サラは美希のほうを見た。

「美希！　逃げるでござる！」

サラと美希は甲板のへりへと走った。

「2人とも早く！」

ボートでは、真実たちが声をあげている。

美希は海に向かって飛び込もうとした。

しかし、その距離は10メートル近くある。美希は思わず飛ぶのをためらう。

だが、そんな美希の手を、サラがにぎった。

「一緒に飛ぶでござる！」

サラは恐怖で体を震わせながらも、勇気をふりしぼって言った。

「サラ……。うん、一緒に飛ぼう！」

美希はうなずくと、まっすぐ前を見る。

サラは、海賊帽を投げ捨てる。

「これはもう必要ないでござる！」

そして、一歩前に出た。

「行くでござるよ!!」

サラと美希は、しっかりと互いの手をにぎりしめると、大きくジャンプした。

ドボーン！

2人同時に、ボートのそばの海に落ちる。

「サラちゃん！　美希ちゃん！」

健太たちはあわてて美希とサラをボートに引き揚げた。

「よかった〜、みんな無事で」

「サラ、心配したでごさるよ！」

「ごめんなさい。父上」

そのとき、海賊船が大きく揺れ動いた。

ゴゴゴゴォォ

「ああ、船が！」

もうひとつの"アン女王の復讐号"は大きな音を立てながら、ゆっくりと海の中に沈んでいった。

「危なかった。寸前のところで助かったみたいね」

美希の言葉に、健太とハマッセンがうなずく。

「先祖の財宝が……」

と、ヴァイオレットはそれをぼうぜんと見つめていた。

それは、夕日である。夕日が水面を赤く染めていく。

沈む海賊船の向こうから何かが輝き、ボートに座る一同を照らした。

「きれい〜」

美希と健太はその美しさに思わず見とれる。

そんな彼らの横で、サラが何かを思い出した。

「さっき洞窟のガイコツの天秤のところで、古い布を拾ったでござる」

ポケットに入れていたその布を取り出すと、サラは一同に見せた。

布には文字が書かれている。

「このサインは……」

真実は布に書かれているサインを見てつぶやいた。

「アン・ボニーのサインだね」

## 「ええ？ ご先祖様が書いたってことでござるか？」

驚くサラに、美希は「そっか」と言った。

「アン・ボニーは黒ひげが隠していた海賊船の前までたどり着いて、天秤の謎の解き方もわかっていたんだもんね。これは何かのメッセージなんじゃない？」

美希に言われ、サラは布に書かれた文字を読んだ。

『真の勇者は、欲に負けず命を大事にできる者。その者だけが本当の宝を手に入れることができる』。そう書かれているでござる」

「真の勇者かあ」

「美希のおかげで、ワタシは引き返すことができたでござる。だからこんなキレイな夕日を

見ることができたでござるよ」

## 「**それが本当の宝だったのかも**」

「宝は夕日だけじゃないでござる」
サラは美希たちをじっと見つめた。

「**ワタシは今回の冒険を通して、本当に大切なものを知ったでござる。美希、真実殿、健太殿、それは、『仲間』でござる。ワタシにとってみんなは何よりも大切な宝でござる**」

「サラ……」
美希はほほえむ。
「やっぱり2人は、アン・ボニーとメアリ・リードみたいだね」
ふと、健太が言った。
「アン・ボニーとメアリ・リードはどんな困難でも2人で乗り越えていった大親友でしょ。

美希ちゃんとサラちゃんもそうだと思うんだ」
健太の言葉に真実もうなずいた。
「なるほど。たしかにそうかもしれないね」
「わたしたちは」
「ご先祖様たちみたい、でござる。あっぱれでござる！」
美希とサラは互いの顔を見て笑う。
健太とハマッセン、真実もほほえんだ。
夕日が赤く照らすなか、どこまでも広がる海に明るい笑い声が響きわたるのだった。

# 4
SCIENCE TRICK DATA FILE
## 科学トリックデータファイル

氷が燃えているみたいだ！

人工のメタンハイドレートが燃える様子

# 日本近海にもあるメタンハイドレート

天然ガスのメタンと水が結びついてできた、氷状のものが「メタンハイドレート」です。火を近づけると燃えるので、「燃える氷」とも呼ばれます。1立方メートルのメタンハイドレートから約160立方メートルのメタンガスができ、燃料として使うこともできます。

深海から掘り出す方法が研究されているよ

## 次世代エネルギーとして注目

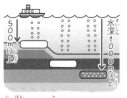

### 日本でも採れる
日本の周辺の深海（水深500メートル以上）の海底や、さらに深い泥や砂の層に埋まっている

### 二酸化炭素を減らせる
石炭を燃やして出る二酸化炭素の量を100とすると、メタンなどの天然ガスは55と少ない

翌日、真実たちは帰国することになり、空港でサラとハマッセンと別れることとなった。

「いやあ、やっと体調が戻ったよ〜」

腹痛から回復したハマセンが、ガッハッハと笑う。

「先生がホテルで寝てる間、ほんと大変だったんだから」

美希たちはのんきに笑うハマセンを見てあきれる。

そんななか、健太が口を開いた。

「ヴァイオレットさんは幽霊船騒動の犯人だってわかって、警察に事情を聴かれているんだよね？」

「彼女、かなり反省してるみたいでござるよ。彼女自身も今まださんざんトレジャーハントの仕事でひどい目にあってきたでござる。もともとは海を愛するいい人間なんでござるよ」

ハマッセンが言う。

「そうだね。ぼくも根っからのワルじゃないと思う」

健太の言葉に一同うなずいた。

「だけど、財宝はまた眠りについちゃったね」

幽霊船の海賊 - エピローグ

美希は海に沈んだ財宝を思う。もうひとつのアン女王の復讐号の沈んだ海域は水深が深く、捜索するのは不可能だったのだ。

「黒ひげの財宝は、また伝説に戻ったということだね」

真実はそう言いながら、空港の壁にかけられている時計を見た。

「そろそろ時間だね」

「なんだかお別れするのはさびしいでござる」

サラの目に涙が浮かんでいた。

「サラ……」

美希も涙ぐむ。しかしすぐに手で涙をぬぐうと、笑顔になった。

「サラ、今度はわたしたちの町に遊びにきてよ」

「えっ、いいでござるか?」

「もちろん。だってわたしたち大親友でしょ!」

「美希〜!」

サラは美希に抱きついた。

幽霊船の海賊 - エピローグ

「そうだ。サラ、日本にも『キャプテン・キッドの財宝』が隠されているって伝説があるよ」
「キャプテン・キッドって、黒ひげと同じぐらい有名な海賊でござるよね」
「一緒に探してみようよ」
「そうでござるね。だけど、財宝を見つけたくて探すんじゃないでござるよ。ワタシは美希たちと冒険をしたいから財宝を探したいんでござる！」
「サラ。そうだね。そうしよう！」
サラの言葉に、美希たちはほほえむ。
サラは、ハマッセンのほうを見た。
「ワタシ、ママの言うことをずっとうれしいって思っていたけど、今はその気持ちがよくわかるでござるよ。海賊にはもう憧れない。だけど、これからも海で大冒険したい。ママも海が大好きだったから」
それを聞き、ハマッセンがニコニコしながらうなずく。
サラは美希たちのほうを見た。

「美希、真実殿、健太殿、また一緒に冒険しようでござる!」
サラと美希は固い握手をかわす。
真実たちは、それを笑顔で見つめるのだった。

See you in the next mystery!

**幽霊船の海賊 - エピローグ**

## 著者紹介

**佐東みどり**
脚本家・作家。アニメ「サザエさん」「ハローキティとあそぼう！まなぼう！」などを担当。小説に「恐怖コレクター」シリーズ、「謎新聞ミライタイムズ」シリーズなどがある。
（執筆：プロローグ、4章、エピローグ）

**石川北二**
監督・脚本家。脚本家として、映画「かずら」（共同脚本）、映画「燐寸少女 マッチショウジョ」などを担当。監督としての代表作に、映画「ラブ★コン」などがある。
（執筆：1章）

**木滝りま**
脚本家・作家。脚本家として、ドラマ「正直不動産2」、「カナカナ」など。小説に「セカイの千怪奇」シリーズ、『ババトル！きょうりゅうキッズ きょうふの大王をたおせ！』などがある。
（執筆：2章）

**田中智章**
監督・脚本家・作家。脚本家として、アニメ「ドラえもん」、映画「シャニダールの花」などを担当。監督として、映画「花になる」などがある。「全員ウソつき」「天空ノ幻獣園」シリーズ執筆。
（執筆：3章）

## 挿画

**kotona**
イラストレーター。児童書や書籍の挿絵のほか、キャラクターデザインなどで活躍中。
HP：marble-d.com
（マーブルデザインラボ）

## ブックデザイン
## アートディレクション

**辻中浩一**
＋
**村松亨修**（ウフ）

**科学探偵 謎野真実シリーズ**

# 科学探偵vs.予言の書（仮）

ある日、ひとりの少女のもとに届いた「予言の書」。
その後、相次ぐ"不可思議事件"と、
世界が終わるという終末のうわさ——。
謎野真実は「予言の書」の謎を解き明かし、
行方をくらませてしまった少女を
見つけ出すことができるのか!?

**2024年秋発売予定！**

**おたより、イラスト、大募集中！**

公式サイトも見てね！

朝日新聞出版　検索

| | |
|---|---|
| 監修 | 金子丈夫（筑波大学附属中学校元副校長） |
| 取材協力 | 村上正隆（1章、横浜国立大学客員教授）、INPEX（4章）、<br>東京大学サイエンスコミュニケーションサークル CAST |
| 編集デスク | 野村美絵 |
| 編集 | 金城珠代、河西久実 |
| 校閲 | 宅美公美子、野口高峰（朝日新聞総合サービス） |
| 本文図版 | 倉本るみ、古田かれん（P129） |
| コラム図版 | 笠原ひろひと |
| 写真 | iStock　The Jefferson R. Burdick Collection, Gift of Jefferson R. Burdick（P51）、Orosz István（P124）、MH21-S 研究開発コンソーシアム（P238） |
| キャラクター原案　木々 | |
| ブックデザイン/アートディレクション　辻中浩一＋村松亨修（ウフ） | |

おもな参考文献、ウェブサイト
『新編　新しい理科』3～6（東京書籍）／『週刊かがくる　改訂版』1～50号（朝日新聞出版）／『週刊かがくるプラス　改訂版』1～50号（朝日新聞出版）／『未来へひろがるサイエンス1』（新興出版社啓林館）／『海賊の歴史』（創元社）／『世界の海賊』（日経ナショナル ジオグラフィック）

## 科学探偵 謎野真実シリーズ
## 科学探偵 vs. 幽霊船の海賊

2024 年 7 月 30 日　第 1 刷発行

| | |
|---|---|
| 著　者 | 作：佐東みどり　石川北二　木滝りま　田中智章　　絵：kotona |
| 発行者 | 片桐圭子 |
| 発行所 | 朝日新聞出版<br>〒 104-8011<br>東京都中央区築地 5-3-2<br>編集　生活・文化編集部<br>電話　03-5541-8833（編集）<br>　　　03-5540-7793（販売） |

印刷所・製本所　大日本印刷株式会社
ISBN978-4-02-332339-1
定価はカバーに表示してあります

落丁・乱丁の場合は弊社業務部（03-5540-7800）へ
ご連絡ください。送料弊社負担にてお取り替えいたします。

ⓒ 2024 Midori Sato, Kitaji Ishikawa, Rima Kitaki, Tomofumi Tanaka ／ kotona,
Asahi Shimbun Publications Inc.
Published in Japan by Asahi Shimbun Publications Inc.

# アナモルフォーシスを描いてみよう!

## 扇形の方眼紙

次のページの方眼紙とあわせて、
コピーして使ってね。
詳しい描き方はP125にあるよ。

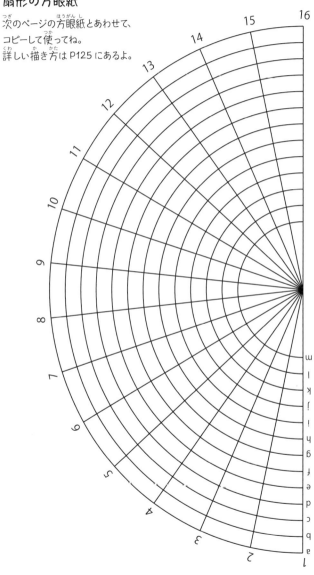

# アナモルフォーシスを描いてみよう！

## 方眼紙

前のページの扇形の方眼紙とあわせて、コピーして使ってね。詳しい描き方は P125 にあるよ。

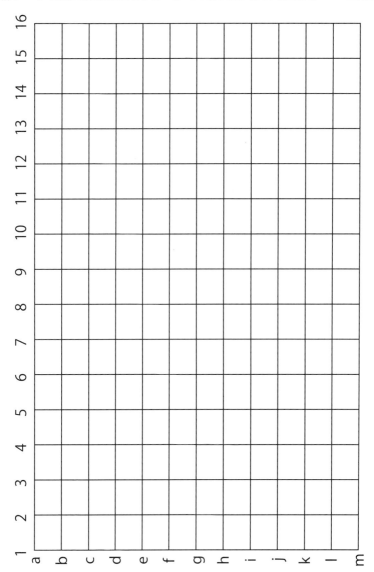